集英社オレンジ文庫

うばたまの

墨色江戸画帖

佐倉ユミ

JN177889

もくじ

イラスト／アオジマイコ

うばたまの

墨色江戸画帖

墨色の猫

この町で自分の名を知る者はどれくらいいるのだろう。ふとそんなことを思い、東仙《とうせん》は江戸橋《えどばし》の真ん中で足を止めた。川風が、赤い紐《ひも》で括《くく》っただけのぼさぼさの髪に涼しく触れる。水は江戸城《えどじょう》の堀から隅田《すみだ》の河口近くで合流し、内海へと流れ込む。合流する手前に架かるこの橋を渡れば、南は江戸で一、二を争う町人地、日本橋《にほんばし》だ。名の由来となった日本橋は江戸橋の上流にある。その奥にそびえるのは江戸城だ。初めて見たときは、雲よりも高いのではないかと思ったものだ。近頃はそうでもない。あの頃は子供だったのだ。十年前、東仙がまだ十一の頃の話だ。

橋の欄干《らんかん》に背を預ける。肩に担いだ二本の細い篠竹《しのだけ》には、二本に跨《また》るように団扇《うちわ》を逆さにして三十枚ほど通して下げてあり、それが川の上に飛び出してぶらぶらと揺れた。数は家を出たときと変わっていない。橋を渡る人の中に、両端に浅い桶《おけ》を下げた天秤《てんびん》を担ぐ男がいた。桶の中身は金魚だ。

「金魚ぉー、えー、金魚ぉー」

男はすれ違いざま、ちらりと東仙の団扇に目をやった。桶の水がこぼれないぎりぎりの速さで、軽快に橋を渡りきる男の後ろ姿を見送りながら思う。あちらの方が売れそうだ。

風が吹くたび、川面《かわも》に生まれたさざ波が、光を散らしながら舟の下を通っていく。風が橋に向かって昇ってくると、今朝こしらえたばかりの団扇から墨《すみ》の匂いが辺りに広がり、水の匂いと混じった。団扇に入っている墨絵の絵柄《えがら》は、すべて自分で描いた。だが東仙は団扇職人ではない。そのことを、橋を通り過ぎていく人たちの誰が知っているだろう。

青井《あおい》東仙。それが絵師としての名だ。誰も知らない、絵師の名だ。

煤竹《すすたけ》色の着物の裾《すそ》がはためく。巷《ちまた》では、男の着物は一に黒、などと言われてはいるが、東仙は単に墨が跳ねるから黒を着ているだけだ。粋《いき》だ野暮《やぼ》だと気にしてはいない。どうせ何色を着ていても、三月後には黒のまだら模様になるのだ。ならば最初から黒がいい。しばし風に墨の匂いを嗅《か》いでいた東仙は、川面の風紋が途切れないのを見て、欄干に肘《ひじ》をついて愚痴《ぐち》をこぼした。

「こりゃ売れねぇわ」

隣で同じように川を覗《のぞ》き込んでいた、東仙よりいくらか年上の男がからからと笑った。

「ちげぇねぇ。今日は団扇売りには向かねぇよ」

答える代わりに苦笑いを浮かべ、東仙は橋を北へと引き返した。住まいのある小伝馬《こでんま》町《ちょう》の手前で東に折れ、その先の田所町《たどころちょう》へ向かう。北の馬喰町《ばくろちょう》に旅籠《はたご》の多いこともあり、この辺りは人通りが多い。江戸の人間もよそから来た人間も交じっていて、江戸の生まれではない東仙にも心地良い。

蝉《せみ》の声に合わせるように下駄《げた》を鳴らして歩いていると、背後に妙な気配がした。音も立てずにひたひたと、しかしたしかに、何かがあとをついて来る。人だろうか。いやまさか、この身なりに食いつく掏摸《すり》もいないだろう。となると、真っ昼間から変なものでも拾ったか。

なんとなく背筋がぞくぞくとして、東仙は振り向くのをやめた。気配を引き離すように、徐々に歩調を速めて細い路地へと駆け込むと、山型に積まれた天水桶《てんすいおけ》の陰《かげ》に隠れて様子を窺《うかが》う。地面近く、黒い影が静かに角を曲がってくる。路地へ現れたその姿を見て、東仙は己《おのれ》が心底情けなくなった。

黒猫だった。狸《たぬき》のように丸々と太り、茄子《なす》のような足でのしのしと歩く。その様はどこその御大尽《おだいじん》のようだ。ため息一つ、東仙は天水桶の陰から出ていく。

「ったく、お前、どこの猫だ」

腹いせに悪態づく。黒い毛並みは、真っ黒と呼ぶには青みが強く、日が当たると墨色に見えた。東仙と距離を保ったまま、こちらが立ち止まっているからか、猫も立ち止まる。真ん丸の顔に二つ並んだ満月のような黄色い目で、こちらをじっと見上げている。ふてぶてしいやつだ、と東仙は思う。人間を怖がりもしない。

「なんか用か」

猫は鳴きもせずその場に座り込んだが、東仙が行こうとすると立ち上がってまたついて来た。

「食いもんならねぇぞ。団扇が売れねぇんだ。猫に食わせる分なんざねぇよ」

篠竹の先から茄子の柄の団扇を取り、猫の顔を扇《あお》ぐと嫌そうに目を瞑《つむ》ったが、それで逃げていくわけでもなく、結局目的地までついて来てしまった。田所町の表通りに面した二階建ての長屋の暖簾《のれん》をくぐる。紺色の暖簾には白抜きの文字で「からくり時雨堂《しぐれどう》」と記してあった。

「時雨《しぐれ》、いるか」

蟬の声が店の中にまで染みている。通り沿いの格子《こうし》窓の下に設《しつら》えた机の前で、店主の時雨は腕組みをして考え込んでいた。歳《とし》は今年で二十三。長い髪を総髪《そうはつ》に結い、その風貌《ふうぼう》は学者か医者のようだ。藍鼠《あいねず》の着物を着て、藤色のたすきで袖《そで》をまとめている。良家の若君のような品の良い顔立ちが巷でも評判の美男だが、評判がいいのは顔だけで、性格の方は変わり者が過ぎて近寄りがたいと、女たちは口々に言う。何を考えているのかわからない上に、粋か野暮かでいえば間違いなく野暮だ。世の中の男からすれば、もったいないの一言に尽きる。生まれついての顔がまるで活《い》かされていないのだ。

机の奥には、大小さまざまの歯車や木ねじ、それに東仙には何に使うのかさっぱりわからない小さな部品が、大きさごとに籠《かご》に分けて並べられている。手前にはまだ顔の描かれていない人形の首と、その胴体と思われる手足のついた木の箱が、無残にも腹の中の大量の歯車を晒《さら》す格好で横たわっていた。

時雨はからくり興行や道具の修理で生計を立てている。修理はねずみ捕りやそろばん、眼鏡など、細かいものが主に持ち込まれるが、中でも得意としているのは時計だ。時雨自身も時計が好きで、店の座敷には茶運び人形や弓曳《ひ》き童子《どうじ》といった興行では定番の人形に交じって、数多くの時計が並べられている。台座の高いもの、振り子のついたものなどの種類がある西洋時計、それに対して和時計と呼ぶ、季節によって文字盤の数字を動かして使う見慣れた時計。合わせて二十ほどだろうか。文字盤の上の針の動きは違えども、同じようにかちかちと、微《かす》かな音で時を刻んでいる。時そのものが好きなのだと以前聞いたことがあったが、東仙は興味を持ったことすらなくて、時雨の言うことがさっぱり理解できなかった。

「時雨」

二度目に声をかけると、ようやく気づいた彼は顔を上げ、目を細めた。

「ああ、東仙か。いつからそこにいた?」

「ついさっきだ」

「そんなところに突っ立ってないで上がればいい。お雪《ゆき》、東仙が来た。茶と……東仙、今日は売れたのか」

首を横に振ると、時雨は哀《あわ》れむわけでも呆《あき》れるわけでもなく、ただ頷《うなず》いて奥に向かって言った。

「お雪、握り飯もだ」

「はあい」

時計の一群の向こうから、女中のお雪が返事をする。はきはきと答えながら、その実見えない表情は渋いのだろうと東仙は予想する。日に焼けた肌に大きな目が印象的な十四歳の女中は、思っていることを顔に出し過ぎるきらいがある。

「東仙さんいらっしゃいまし。はいどうぞ！」

茜《あかね》の地に白の小菊小紋《こぎくこもん》に、紺の前掛け、島田髷《しまだまげ》に古びた櫛《くし》をさしたお雪は、思った通りの顔で盆を運んできた。

「いつも悪いな。ありがたくいただく」

「たまにはちゃんと団扇を売って、外で食べてから来てくださいましね！　団扇が二本も売れれば、お蕎麦《そば》が食べられるじゃありませんか」

仏頂面《ぶっちょうづら》のお雪に、東仙はおずおずと申し出る。

「悪いついでと言っちゃあなんだが」

「悪いと思うなら言わないでください」

時雨が横で吹き出した。

「わかってらあ。だがついて来ちまったもんはしょうがねぇだろ」

「ついて来た？」

「だから、その、そいつにも飯を」

訝《いぶか》しげに眉を寄せるお雪に、東仙は自分の背後を指す。暖簾の下には、ここまであとを追ってきた黒猫が、貫禄《かんろく》もたっぷりに座っていた。途端に、お雪の顔がほころんだ。

「かわいい」

「そうか？　ふてぶてしい顔だと思うけどな」

そう言う東仙には舌を出し、お雪はしゃがんで手招きすると、寄ってきた猫を重そうに抱き上げた。ふわふわとした黒い毛並みを、両手で撫《な》でては抱きしめる。

「どこの子でしょう。人懐っこいですね。旦那《だんな》様、この子にえさをあげてもよろしいですか？」

「もちろん」

時雨の許しを得ると、お雪は猫を座敷に下ろし、浮かれた様子で時計と人形との間をすり抜けて台所へ入っていった。指を折りながら独《ひと》り言を言っている。

「かつお節と、今朝のおつゆの残り、それから、いくらなんでもお新香《しんこ》は食べないでしょうし、豆腐《とうふ》も」

「そんなにあるなら俺に出せよ」

塩むすびをかじりながらお雪の背中に思わず毒づくと、時雨が楽しそうに微笑《ほほえ》んだ。時雨は歯を見せずに笑うことが多いのだが、品の良い顔にはそれがまたよく似合う。猫は時雨の隣に落ち着き、二人と一匹で小さな車座をつくると、時雨は東仙の団扇を一枚手に取った。

「私はいい絵だと思うが、なんで売れないんだろうか」

「近頃の流行りは錦絵の団扇だからな」

「墨絵だって涼しそうでいいじゃないか。どれ、どんな絵柄がある？」

時雨は篠竹から団扇を外すと、座敷に並べていく。かちかちと、西洋時計の振り子が揺れて時を刻む。

朝顔、金魚、西瓜《すいか》、川渡しの舟、鮎《あゆ》、蛍《ほたる》、ほおずき。

お雪が盆を手に戻ってきて、猫の前に水の入った皿と、麦飯に味噌《みそ》汁とかつお節をかけたものを並べた。礼も言わずにがつがつと食べる猫をお雪はうれしそうに眺めていて、東仙は猫がうらめしくなる。頭を下げても文句しか言われないのだから、人間は生きにくい。

「みんな涼しげで、きれいだと思うがなぁ」

時雨の言葉を聞いたお雪も、車座の一員になって団扇をしげしげと眺める。時雨は舟の絵の団扇を取り、くるくると回して言う。

「今日はどこまで行った」

「京橋《きょうばし》」

「それはまた」

「まで行こうと思ったが途中でやめた。今日は風がある。団扇がいらねぇほどにな」

「そうか」と、時雨は外に目をやった。

「風があるか」

時雨堂の両脇は蕎麦屋と団子屋、三軒先の角には煮売り屋まである。格子窓を抜けて入ってくる出汁《だし》と醬油《しょうゆ》の匂いに、どうして気づかないものかと東仙は思う。その答えも知っている。時雨は食べる物に困ったことがないからだ。食べ物に執着しないのだ。

「ああ、おかげで埃《ほこり》も舞い上がってな。湯屋でも行きたいんだが……きれいだと言うなら買わねぇか、団扇」

「買いたいのはやまやまだが、お雪が買うなとうるさいのだ」

「なんでぇ」

「東仙のためにならんとさ」

東仙は思わず眉を跳ね上げ、時雨と二人揃《そろ》ってお雪に目をやる。正座をしたまま前屈みになって猫の食べる様子を見ていたお雪は、注がれる視線に気づいて体を起こすと、こほんと小さく咳《せき》払いをした。

「旦那様はからくりの腕前はたしかですけども、絵のことはからきしですからね」

そう言うと、朝顔の団扇を手に取り、しばし眺めたあと顔を上げた。

「東仙さん、これはジョウゴの絵ですか？」

ちょうど茶をすすったところだった東仙は思わずむせる。

「ジョウゴなんか誰が描くか！　朝顔だ！」

「そんなことわかりますよ、いやですねぇ」

食ってかかる東仙に、お雪は鬱陶《うっとう》しそうに手を振った。

「朝顔は朝顔ですよ。でもなんだか、ジョウゴみたいなんですもの。朝顔がこんなに、判を押したようにきっちりおんなじもんですか」

返された団扇を、東仙は無言のまま受け取った。時雨がのんきに笑って言う。

「ジョウゴとはうまいことを言うなぁ、お雪は。ジョウゴ柄の団扇なら売れないのも道理だ」

ジョウゴ。描かれた二輪の墨色の朝顔を、東仙はまじまじと見つめた。自分の描いた絵をこんなにじっくりと、穴が空くほどに見たのは初めてかもしれない。おかしなことに、先ほどまでは紫色の朝顔だと思っていたその絵が、葉と蔓《つる》とを従えた古いジョウゴに見えてきた。台所の隅に転がっている、長年使われて黒ずんだ木のジョウゴのようだ。

満足そうに顔を洗っている猫を、お雪は膝《ひざ》の上に抱き上げる。満腹になって油断していたのか、猫が抵抗するように短く鳴いた。

「旦那様、この子をここで飼ってもよろしいですか?」

「ん、ああ。いいよ。だが、本当にどこかの飼い猫じゃないんだろうな、東仙」

話しかけられたことに、東仙は気づかない。

「東仙」

「ん」と団扇から顔を上げると、時雨は一瞬目を丸くして、息を吐きながら笑った。

「お雪の一言がそんなに堪《こた》えたか」

「そんなんじゃねぇよ」

左右に激しく首を振り、東仙は団扇を拾い集めて元の篠竹に差していく。

「それより、なんだって?」

「この猫はどこかの飼い猫じゃないのかと訊《き》いたんだ」

「さあ、違うんじゃないか。可愛《かわい》げのないやつだからな」

「東仙さんよりはありますよ」と、すでに猫の親のような気でいるお雪が舌を出した。

「よし、ならば飼おう」

「いいのか？　お前の大事な人形や時計を引《ひ》っ掻《か》くぞ」

そう言うと、時雨は巷で評判の、娘たちがため息を漏《も》らすような笑みをたたえて答えた。

「利口《りこう》ならば引っ掻かないだろうし、ばかなら興味も持たんだろう。どちらにせよ、ねずみを捕ってくれるなら毎日の餌《えさ》代で釣りがくるよ」

「そうと決まったら」と、お雪がぱちんと小さく手を叩く。

「名前をつけないといけませんね。どうしましょう、旦那様」

「そうだなぁ」

目線を低くし、猫の黄色い目を覗き込んだ時雨は、しばらくしてぽつりと言った。

「応挙《おうきょ》、というのはどうだ」

「オウキョ？」

お雪がきょとんとして目を瞬《またた》く。

「変わった名前ですね」

体を起こした時雨は、団扇の柄の先で頭を掻いた。

「昔見た襖《ふすま》絵の、応挙の虎《とら》に似ていると思ってな」

茶の残りを飲もうとしていた東仙は、口元まで持っていった湯呑《ゆのみ》を止める。

「応挙ってのは、円山《まるやま》応挙のことか？」

「ああ」

「お前見たことあるのか？　応挙の絵を」

「ああ」と、こともなげに微笑して時雨は頷く。

「讃岐《さぬき》の金比羅《こんぴら》さんで。見事な虎だったよ」

讃岐。遠いなと呟《つぶや》いて、東仙は湯呑を空にする。

「だが、虎なら弟子の芦雪《ろせつ》も上手《うま》いだろう。無量寺《むりょうじ》の襖絵は、それは見事だと聞く。どうして応挙なんだ」

顎《あご》に手を当ててしばし中空を見ていた時雨は、口を結んだままにこりとして言った。

「たしかに、襖四枚に渡る大きな虎は、襖から飛び出してきそうな勢いがあったが」

芦雪の虎も見たのか。讃岐に紀州《きしゅう》、今までどこでどう生きてきたのか時雨は語らないが、江戸へ落ち着くまでにあちこちを放浪《ほうろう》していたらしい。

「芦雪の虎は、何か輪郭《りんかく》がぼんやりしていてな。前足が頭より太くて、後ろ足は陽炎《かげろう》のようで、どこにあるのかもよくわからん。何やらこの世のものではないような気がしたな」

「へぇ」と、東仙は眉を寄せる。

「応挙の虎はずんぐりとして、ただそこにいるだけだったが、生きていることがわかるんだ。分厚い瞼《まぶた》の下に真ん丸の目玉が、歪《いびつ》な髑髏《どくろ》の中に脳みそが、太い足の、毛皮の奥に、血の通った肉と頑丈な骨が……たしかにあるとわかるんだ」

「なるほど」

時雨は団扇で猫にささやかな風を送った。

「風は嫌いか」

嫌そうに顔をしかめた猫の頭を、お雪が撫でてやる。

「でも旦那様、いくら似ているからって、応挙じゃ呼びにくいですよ」

もっと可愛い名前がいいと、お雪は唇をとがらせた。

「では円山はどうだ」

「猫に名字だなんて、旦那様」

お雪がたしなめる。猫を名字で呼んでいるところを、万一同じ名字の武士にでも見つかったら大ごとだ。その場で斬り捨てられても文句は言えない。

「ならこうしよう。まる、は仮名《かな》にして、まる山《やま》。外ではまると呼べばいい。もし誰かに訊かれたら、丸くて山みたいな猫だからだと言えばいいさ」

「まる」

お雪は抱いた猫をあやすように揺する。大きな体はたしかに山のようだ。

「まるですって。まる山。よかったねぇ」

すっかりくつろいだ猫は、ごろごろと喉《のど》を鳴らした。

「まる山ねぇ。仮名だろうが、大層な名だよ」

「そうか？　似合うと思うが。なあ、まる山殿？」

殿までついたか、と呟いて、億劫《おっくう》そうに東仙は立ち上がる。

「帰るのか？」

「ああ」

篠竹を担ぎ、ちらりと横目でお雪を見る。団扇同士がぶつかって、賑やかに鳴る。

「なぁにが、旦那様は絵のことはからきしですから、だ」

声真似をしたので、お雪がむっとしてこちらを睨《にら》んだ。

「こんな、絵のわかるやつばっかのところにいられるかってんだ。ごちそうさん。その団扇はやるよ。そんなもんじゃ、握り飯代にもならねぇだろうがな」

呆れた時雨が何か言ったようだが、東仙は紺の暖簾をくぐって外へ出た。夏の午後は長い。青かった空がわずかに黄色味を帯びて、夕暮れの始まる気配を伝えている。なけなしの金で湯屋に寄り、そこの二階で碁《ご》を打っていたご隠居《いんきょ》たちに、団扇を三枚売って夕飯代を得た。その日暮らしもその日暮らし、ぎりぎりのところで命を繋《つな》いでいるが、東仙には自分が貧しいという意識はなかった。時雨の厚意に頼っている部分はあるが、それを除いても、飢《う》えるほど日々の食い物に困ることはない。小伝馬町に帰れば、古く汚い裏長屋だが、家もある。夜具《やぐ》もある。何の不満もなかった。

青井東仙は今年で二十一だが、名乗る名前はこれが三つ目だ。最初の名は千太《せんた》といった。下総《しもうさ》の村の百姓《ひやくしよう》の子で、家名などという大層なものもない。父親の名が千吉《せんきち》で、そこから一文字取って付けられただけの、長男にはよくある名だ。

その父親とは、幼い頃から折り合いが悪かった。畑仕事が嫌いで、逃げ出そうとしては殴られた。妹が生まれ、弟が生まれ、母親がそちらにかかりきりになると、仕事嫌いの長男はますます殴られた。家は、村のほかの家々と同じように貧しかった。ぼろぼろの着物を着て、綿の薄い布団で眠る。千太は妹と同じ布団で寝ていたが、掛ける夜具も一枚しかなく、妹に真ん中を譲った千太の左半身はいつでも冷えていた。布団越しに、背中には冷たい床の感触がした。

土にまみれ、やぶけた手の平から血を流し、爪《つめ》の中まで泥で黒くなっても、満たされるほどの食事にありつけた記憶はない。そもそも土が悪いのだ。土地は瘦《や》せていた。それでも先祖から託された土地だからと、よそへ行くことすら選ぼうとしない両親にも嫌気がさした。

十一になった千太は、家から、村から、土から逃げ出した。江戸へと続く道は知っている。そこを通る人を、いつも羨《うらや》ましく思っていた。必死で走り、村人の手の届かないところへ来ると、急に恐ろしくなった。真っ暗な夜の山道へ、これから入ろうというところだった。黒い木立《こだち》の隙間《すきま》から、細く頼りない月が見えた。微かな光は、遠い遠いところにあった。

無理矢理足を進めるために、千太は理由を考える。家から逃げ出した理由だ。人に問われたらなんと答えようかと、心のどこかで恐れていた。そうだ、と千太は思いつく。自分がいなくなれば、その分弟妹《ていまい》たちが腹いっぱい食べられるからだ。そう答えよう。これなら責められはしまいと、一瞬浮かれたあと、すぐに足元を見た。足は泥だらけだった。明日からは、幼い弟妹たちが足を泥だらけにするのだ。

力の限り走った。腹いっぱい飯を食い、毎日風呂に入って、ふっくらと分厚い夜具で眠りたい。そう望むのは悪だろうか。涙がこぼれた。山道で野盗《やとう》に出くわしたが、千太の身なりを見て何も盗らずに去った。千太は何も持っていない。

野草と川の水とで飢えを凌《しの》ぎながら、どれほど歩いたのか。気がつくと、ちらほらと家や田畑が見え始め、それらはだんだんと増えていき、いつしか人々の行き交う広大な町となっていた。人波に飲み込まれるように、ふらつく足で千太は江戸の町をさまよった。

将軍の住まう町だ。日本だけにとどまらず、大陸南蛮《なんばん》にまで名を轟《とどろ》かせるという徳川《とくがわ》の。唄《うた》が聞こえる。音色《ねいろ》が聞こえる。人が笑っている。また涙が溢《あふ》れてきた。

遠く江戸城を見上げていると、急にぐにゃりと視界が歪んだ。涙のせいではなかった。すべての感覚がなくなっていく。唯一それとわかったのは、頬《ほお》に触れた懐かしい土の感触だった。

目が覚めると、千太は酒宴《しゅえん》の中にいた。周りをぐるりと囲むのは、十人ほどの男たちと、彼らの前に並べられた膳《ぜん》。男たちはけたたましいほどの笑い声や歓声を上げていた。どうやら祝いの席らしい。

膳には見たこともないご馳走《ちそう》が並んでいる。あの魚は何だろう。あの黄色い野菜は何だろう。空腹を思い出した途端、腹が鳴った。傍《かたわ》らの膳で、空の銚子《ちょうし》を逆さにして振っていた男と目が合う。真っ赤な顔の男の背後、開け放たれた窓からは、晴れた空と屋根と、風に揺れる竹の葉とが見えた。

「先生、目が覚めたみたいですぜ」

宴席の視線が千太に集まる。千太はふらつく頭で、必死に体を起こした。ここで起き上がらないことは、辱《はずかし》めを受けているのと同じだと思った。

先生、と呼ばれたのは上座に座る男だったが、彼は呼ばれても何も答えなかった。痩せた、四十手前と見える気難しそうな男である。髷はきっちりと固そうに結われ、暗い紫の着物の上に鼠色の羽織を肩から掛けている。細く鋭い目と尖った鼻。その下の一文字に結ばれた薄い唇は、もともと開くことなどないのではないかと思われた。男の隣に座っている、藍の縞《しま》の着物を着た男が、代わりに口を開いた。髷の結い方が緩く、耳の横から毛が一筋飛び出している。

「小僧、どこから来た」

盃を片手に、男は軽い調子で問うた。千太は答える。

「下総の……」

喉が渇き、舌がもつれた。

「腹は減っているか」

頷く。二度、三度と頷いた。

「そうだろう」と、縞の男は笑う。

「余興だ」

男が目配せすると、下座の若い男が膳の輪の中へ入ってきて、千太の前に紙と硯《すずり》と筆とを置いて元の席へ戻った。縞の男を見ると、しゃくるように顎で紙を指した。

「何でもいい、絵を描いてみな。俺たちの気に入ったら、お前の分の膳も用意させる。腹いっぱい食わせてやるよ」

あとになって思えば、ずいぶんと品を欠いた余興だ。飢えて倒れた子供の前に、飯をちらつかせて絵を描かせようなどと。だが、宴《うたげ》の輪にいる者は皆例外なく酔っていて、誰もまともな判断などできないようだった。先生と呼ばれた鼻の尖った無口な男でさえも、頬も鼻も真っ赤だった。男たちの呼気に混じる酒の匂いが千太のもとまで届いた。

千太もまた、示されたことを下品だなどとは思わなかった。目の前の幸運に飛びつくように、一瞬たりとも迷うことなく、筆をとった。

絵など描いたことはない。見たことだってほとんどない。だが男たちの気に入る絵を描けば腹いっぱいの飯にありつけるというのなら、何でも描く。描ける気がしていた。

場は熱に浮かされ、異様な雰囲気だった。千太は筆先にたっぷりと墨を含ませる。むっとする酒の匂いに囲まれ、千太が最初に描いたのは、鋭く尖ったくの字型の線だった。それは鼻だ。次いで、同じく尖った顎を描く。紙に乗せられた墨はつやつやと光り、涼やかな、竹林のような匂いがした。目、口、眉。耳と髷は何度も見ながら描いた。必要な部位を描いてしまうと、千太は顔を上げた。掠《かす》れた声で言う。

「赤、あの、赤い色、ねぇか?」

近くにいた若い男が、空の小皿を差し出す。

「ガキに絵具はもったいねぇ。これで十分だ」

小皿は、赤紫蘇《しそ》の佃煮《つくだに》が乗っていたものだった。

「水垂らして使え」

頷いて受け取る。指に水をつけ、小皿を拭《ぬぐ》って、描きかけの絵に塗りつけた。指を舐《な》めると、塩気と紫蘇の香《か》に頭の芯がびりびりとした。

「できた、でき、た」

そう告げると、縞の男が身を乗り出して言う。

「見してみな」

千太は絵を掲げる。掲げたまま、座の全員に見えるよう、ゆっくりとその場で回った。

座は静まり返った。しばらくの後、堪《こら》え切れずに誰かが吹き出したのを合図に、嵐のような笑い声が座から溢れ出した。涙を流す者までいる。縞の男は笑いを堪えようと努めていたが、隣をちらりと見ては肩を揺らし、しまいには腹を抱えて笑い出した。

ただ一人、先生と呼ばれた男だけが、酒に赤らんだ顔をどす黒く染めて、千太の絵を睨んでいた。千太が描いたのは、紛《まぎ》れもなくその男の顔だった。

鋭利な印象を与える顔の、頬と鼻の頭だけが赤く染まっている。素人《しろうと》の線の下手《へた》さで歪んだ目や眉は、偉そうにも情けなくも見えた。口の端など、変に曲がってにやにやと笑っているようだった。

周りの男たちが体をよじって笑っているものだから、千太もつられてへらへらと笑い出した。これで膳がもらえる。そう思うと、ますます笑いが込み上げてきた。だがその途端、周囲の笑いが引き潮《しお》のようにさっと静まった。見ると、千太の描いた男が立ち上がっている。絵だけを見つめるその顔色は、紙のように白くなっていた。男は膳を避けると、千太の前に立った。鋭利な印象は変わらないが、その顔から怒りの色は消えていた。目は霧《きり》深い山々のように、おおらかな色をしていた。男は千太を見つめ、千太も挑むように見つめ返した。長く息を吐き、男は下座の男に言いつけた。

「膳を、この子のために用意してやれ。飯も料理も、山盛りでな」

低い、優しそうな声だった。下座の男が階下へ走るのを見送り、男は千太と視線を合わせるようにしゃがんだ。

「名は」

「千太」

「千太、か。私は絵師の松山翠月《まつやますいげつ》という。この座にいる者は、皆私の弟子だ。近頃は松山派などと呼ばれるようになった」

見回すと、男たちは誇《ほこ》らしげな顔で頷いていた。

「山水、花鳥、人物、畜獣《ちくじゅう》、そういったものを描いている。浮世絵は好かんのでな。お前のような滑稽《こっけい》な絵もあまり描かんが……どうだ、私の弟子にならないか」

翠月の言葉に、千太は呆然《ぼうぜん》とするばかりだった。絵師の弟子になる。そんなことは考えたこともなかった。絵を描くことが仕事になる。それで飯を食っていく。それ自体が不思議だった。故郷の村には、存在しなかった仕事だ。

瞬きばかりする千太の前に膳が運ばれてきて、ひとまず食べるようにと言われた。千太も膳を目にした途端、何もかも忘れてかぶりついていた。山盛りの飯に焼き魚、菊の花の酢の物、佃煮、味噌汁、漬物、あとで名を知った煮凝《にこご》りという不思議な美味《うま》いもの。米粒一つ残さず平らげたあとで、千太は翠月の弟子になることを決めた。当面は翠月の屋敷に住み込みで絵を学ぶことが決まり、名を与えられた。松山東仙といった。

教えられたことを麻紙《まし》のように吸い込んで、東仙はどんどん上達した。絵を学ぶ傍ら読み書きや作法も一から教わり、東仙の体から下総の村の色が徐々に抜けていった。言葉遣いは江戸の町人らしくなり、それと同時に自信もついてきた。堂々たる筆さばきで、色鮮やかな孔雀《くじゃく》や牡丹《ぼたん》を兄弟子顔負けの美しさで描き、褒《ほ》められることでさらに自信をつけた。だが、あるときから成長がぴたりと止まった。

気づいたのだ。村で百姓をしていたときのように、身を粉にして絵を描かなくても、ここにいる限りは日に三度の食事がもらえる。小遣いで着物も下駄も買える。物はよくないと兄弟子は言ったが、与えられた夜具は村で使っていたものとは比べようもないほど上等だった。

東仙の絵から何かが欠けた。そのことに、初めに気づいたのは翠月だった。翠月は、東仙が何のために江戸へ来たのかを知っている。

東仙が十七の折、彼は東仙に、屋敷を出ていくように言った。その際餞別《せんべつ》として、翠月は真綿の夜具一式を新調し、東仙に持たせた。小伝馬町の裏長屋に居を構えた東仙は、そこで一人で暮らしながら絵を描き始める。しかし、絵草子屋《えぞうし》へいくら絵を納めても、なかなか買い手がつかなかった。絵草子屋も、松山の名があるからと渋々受け取ってくれているような次第だった。そのうちに、まず高価な絵絹《えぎぬ》（絵を描くための絹地）が買えなくなった。紙も安価な物へと順に変わっていく。その次は岩絵具、その次は筆。仕方なく、安い筆で色のない墨絵を描くようになった。

二年後、絵草子屋から帰る道すがら、東仙は兄弟子を供に連れた翠月と出くわす。影の濃くなる夏の午後だった。向かい合って足を止めたまま、双方なかなか口を開かなかった。そこは寺の前で、松の木から蝉の声が降り注いでいた。ややあって、先に口を開いたのは翠月だった。

「墨絵を、描いているそうだな」

東仙は頷く。なぜかと尋ねられ、絵具が買えなくなったからだと答えた。師は低い声で尋ねる。

「お前の家に、夜具はあるか」

風呂敷包みを持って一歩下がっていた兄弟子が、問いの意味を測りかねて師と東仙とに交互に目をやった。

「あります」と、東仙は答えた。それに対し、間髪を容《い》れずに翠月が言った。

「なぜ質に入れん！」

胸に太い針を打たれたような思いがした。

「今は夏、夜具がなくても眠れる。夜具一式を質に入れ、その金で絵具を買い、買い手のつく絵を描けば、秋には買い戻せるだろう！」

東仙は俯《うつむ》いて顔を歪めていた。師の言う通りだ。頭ではわかっていたことでもあった。だが、あの柔らかく温かな真綿の夜具を、一度手に入れた夜具を、手放す気にはどうしてもなれなかった。左半身を冷やして眠った記憶が、脳裏《のうり》をよぎる。翠月が激昂《げっこう》することはめずらしく、視線を落とした地面の端で、兄弟子の足が一歩下がって視界から消えた。

深く息を吐き、翠月は問いを重ねる。今度は静かに、重く。

「腹は、減っているか?」

心臓がどきりと跳ねた。あの料理屋の二階で、縞の着物を着た兄弟子が、酔った口調で訊いてきた、あのときの記憶と空腹感とが、まざまざと蘇《よみがえ》る。額から冷たい汗が噴き出た。震える声で、東仙は答える。

「いいえ」

あれ以来、飢えに苦しんだことはなかった。空腹になることが恐ろしかった。無論、食事を抜いたことなどない。金はそれなりにあるのだ。飢えを感じる前に、食事に手を伸ばした。絵の材料や道具よりも、食べ物に金を使ったことは明らかだった。そして、翠月もそれを見抜いていた。

「そうか」と、言うと、彼は空を仰いだ。そして俯いた東仙の頭上から、その声は短く降ってきた。

「破門だ」

親父《おやじ》殿、と後方の兄弟子の口から漏れたが、あとに続く言葉はなかった。松山翠月の決定は絶対である。

東仙はゆっくりと顔を上げる。情けない顔はしたくないと思っていた。墨絵を描き始めた頃から、頭のどこかで、いつかはこうなるのではないかと思っていたのだ。所詮《しょせん》は、食うために始めた絵だった。食うための仕事なら、ほかにいくらでもある。

「長い間、お世話になりました」

深く頭を下げる。

「松山東仙の名で納めた絵は、みんな版元から引き揚げます。もう二度と、松山の名は名乗りません」

翠月は煙草《たばこ》でも喫《の》んでいるかのように、尖った鼻から長く息を吐いた。

「初めて会ったとき、お前が描いた絵を憶《おぼ》えているか」

忘れるはずもない。東仙は体を起こすと、翠月の目を見て、それから目を逸《そ》らして頷いた。腹は減っていないのに、苦しかった。

「あれは、私が初めて、大名家に絵を納めた祝いの席だった。先方にも気に入ってもらえ、お抱えの絵師になることが決まった。これで松山一門は安泰だという、その宴だったのだ。やっとここまで来たのだと、あのときの私は、がらにもなく浮かれていた。そこへ弟子たちが拾ってきた、どこの者ともわからぬ子供……お前が描いた私の絵は、実によく似ていた。天狗《てんぐ》のように赤い顔で鼻を伸ばして、しまりのない、にやにやとした顔でな」

懐かしそうに、翠月は目を細めた。

「お前の描いただらしのない私の顔は、名誉と酒とに酔っていた松山翠月の目を覚まさせたのだ。有頂天になっていた私の足を、地につけ、繋ぎ止めた。あの絵が」

そこで一度言葉を切り、翠月は喉から声を絞り出す。

「あの絵が、絵師松山東仙の最高傑作だ。あの絵だけが」

いつだったか、東仙の名の由来を聞いたことがある。東から来た仙人のような子。翠月は、東仙のことをそう思っていたのだ。再び頭を深く下げ、知りうる限りの詫《わ》びの言葉を口にしたが、翠月は東仙が頭を上げるのを待たずに去った。東仙はしばらくそのまま、地面を見つめていた。蟬の声が、雨のように降り注ぐ。

影が濃い。すぐ隣の土塀の影よりも、自分の影の方が濃い。影に落ちる汗の滴《しずく》をなんとはなしに数えながら、東仙はそんなことを考えていた。人間の影の方が濃いのだろうか。こんなにも濃いのだろうか。

落ちた汗の滴は八つになった。東仙は体を起こす。翠月の弟子として過ごした八年が、今終わった。絵草子屋へ行き、松山東仙の名を入れた絵をすべて引き取った帰り道、見上げた空が青かった。そのあまりの青さに、青井の姓を思いついた。

青井東仙。三つ目の名はこうして生まれた。

筆で一息に描いたように掠れた一筋の雲が、空に縦に伸びていた。さながら、天へと昇る龍のようだった。


小伝馬町の中でも長屋のひしめき合う一角に、東仙の住む裏長屋はある。通りに面した表長屋には履物屋と傘屋とがあり、その間の木戸を抜けた先が裏長屋だ。家主の名を取って、この辺りでは文次郎長屋《もんじろうながや》と呼ばれている。六畳の板敷きに土間とかまどがついただけの家だが、部屋の奥の障子《しょうじ》を開ければ濡れ縁と小さな庭もあり、東仙は気に入っていた。同じ間取りの家が片側に四軒、板を敷いた狭い路地を挟んだ向かいにも四軒ある。路地の突き当りは井戸と厠《かわや》と芥溜《ごみため》だ。道に板が並べられているのは、その下のどぶを覆い隠すのも理由だが、雨が降るとどうしようもなくぬかるんで歩けなくなるからだ。表通りとは違い、ここは日が当たらない。屋根の上のぺんぺん草だけが、夏の光を謳歌《おうか》している。

家の出入り口、上半分が障子で下半分が板戸になっている腰板障子には、それぞれの住人の職業が墨で書かれている。木戸から近い順に、枇杷《びわ》の葉売り、左官、塩売り、髪結い、駕籠《かご》かきに大工。何も書いていないのは、もう何歳なのかわからない差配人の老婆の家だけだ。左手の一番奥にある東仙の家の腰板障子には、「行灯《あんどん》張り替え〼《マス》」と書かれている。

ほとんどの季節、東仙は行灯の紙の張り替えを商売にしている。油を注《さ》して炎を燃やしていれば、紙には自然と煤が溜まって茶色くなる。定期的に張り替えなければならなくなるので、団扇売りよりも仕事があるのだ。客の依頼があれば行灯の紙にも絵を描いているが、依頼はめったにない。

夏の間は行灯を使う時間が短くなるため、紙の張り替えの仕事は減る。その間の穴埋めとして始めたのが、団扇売りだった。家の中には団扇と行灯の材料が山と積まれており、それらの下に埋もれている絵の道具は、長いこと掘り出していなかった。部屋の隅には真綿の夜具が、破門された日と同じように畳《たた》んで重ねられている。

夕暮れ時、花の終わった菖蒲《あやめ》が数株あるだけの庭に面した障子を開け放ち、蚊やりを焚《た》いた。落ち葉や藁《わら》を燃やした白い煙はもうもうとして、蚊ならずとも燻《いぶ》されて大変煙いのだが、その匂いは懐かしくもあった。ひぐらしが鳴いている。終わりに近づいた煙が細くなると、東仙は団扇の紙に絵を描き始めた。

団扇の骨と紙は、ばらばらのまま納めてもらっている。絵を描き、乾かしたあとで、糊《のり》を塗って骨に貼り付ける。糊が乾いたら、押切《おしきり》という馬の蹄《ひづめ》型の金枠《かなわく》を団扇の上に乗せ、体重をかけて一気に裁断する。あとは団扇のへりに紙を貼り、骨の切り口を覆えば完成だ。

一つだけの行灯がぼんやりと明るい。床に置いた立派な一枚板の台の周りには、小皿に油を注いで灯芯を浸け、火を灯して数個置いた。一つ一つの炎は小さく、丸みを帯びた光は闇《やみ》の中の蛍のようだ。

台の上に団扇の紙を置き、墨を磨《す》る。額に手拭いを巻き、筆の先を墨に浸《ひた》す。

涼しげなものは何だろうか。東仙は清流を泳ぐ鮎の姿が好きだ。売れなくても、何枚も描いている。流れに青紅葉《もみじ》を浮かべても風流だ。水辺の鴛鴦《おしどり》もいい。かろうじて売れるのは金魚の絵柄だ。団扇の絵柄の団扇、なんてものも描いてみた。団扇の中の小さな団扇は、花魁《おいらん》の錦絵だ。花魁を描いたものは何でももてはやされる昨今だが、東仙の描いた錦絵はいくら濃淡をつけたところで、結局墨一色のためか、売れることはなかった。

何枚か描いているうちに、じわりと体が汗ばんできた。額の手拭いが湿っていく。自身の胸元から立ち上る汗の匂いと蚊やりの匂いとが入り混じって鼻をつき、集中を乱す。長屋の井戸端にでもとまっているのか、すぐ近くから蟬の声がした。今度はあぶら蟬だ。じりじりという声が暑苦しくて、夏のものなのにどうして蟬の絵柄の団扇がないのかがわかる。

今日もっとも時間をかけた夕涼みの美女の完成間近、手拭いを避けて眉間に噴いた汗が、ぽたりと落ちた。美女の顔が溶けていく。

声も出ず、東仙は筆を持ったまま両手を上げて後ろに倒れた。筆が行灯を掠めて斜めの線を引く。

「あぁ、くそ」

ため息のような声がようやく漏れた。寝転がったまま手拭いをほどき、顔を拭う。そういえば翠月の屋敷にいた頃、兄弟子が言っていた。人に描けと言われたものを描いているときは顔に汗をかく。その汗で絵を台無しにすることも多い。だが不思議と、心の底から描きたいと思っているものを描いているときには、顔に汗をかかないのだ、と。

「役者みたいなもんだな。親父殿は、そうなってからがやっと一人前だと仰ってたよ」

そう言って笑った。

描きたいものを描いているつもりなのだが。東仙は目を閉じる。蟬の声が耳から体の奥まで染みてくる。

時雨と初めて出会ったのも、破門された夏だった。向こうは神社の境内《けいだい》での興行を終えた帰りで、編笠《あみがさ》を被り、大八車にからくり道具を積んで引いていた。そのあとを子供たちがついていく。大八車の後方には全身を白と黒とに塗られた武者の人形が取り付けられていて、車が回るたびに二体が切り合ったり離れたりする仕掛けになっているのだ。からがらと鳴る車にも、人形の動きに合わせるでもなく、時雨はのったりと台詞《せりふ》をつける。

「ここで会ったが百年目、今日こそ討ち取ってくれるぞ信玄《しんげん》。来たか謙信《けんしん》、取れるものならこの首、さあ取ってみよ」

あまりの下手さに子供が笑った。けれど時雨は楽しそうに続けていた。ついていく子供の数はだんだんと減り、最後は東仙だけになった。時雨堂の前で大八車を止めた時雨に、東仙は尋ねた。

「どうして人形が白と黒なんだ。謙信公はともかく、信玄公は赤だろう」

編笠の端をくいと持ち上げ、時雨は涼やかに笑う。

「白と黒なら、何色にでも見えますから。明日には牛若丸《うしわかまる》と弁慶《べんけい》になるかもしれないし、浅野内匠頭《あさのたくみのかみ》と吉良上野介《きらこうずけのすけ》になるかもしれない。そういう人形でございます」

東仙はその言葉に、墨絵に潜む力を見た気がした。色がないということは、何色でも描けるということだ。破門されたばかりで金もなく、先の見えなかった東仙は、この言葉に一筋の光を見出した。

墨絵なら、俺はこれからも絵師としてやっていけるのではないか。

目を開けば、見えるのは剝《む》き出しの古びた梁《はり》と屋根裏だ。起き上がり、溶けた美女の横に朝顔を描いてみる。白い紙の上にはたしかに青い朝顔が見えていたはずなのに、いざ描き上げてみると、やはり黒ずんだジョウゴにしか見えなかった。

入谷《いりや》の鬼子母神《きしぼじん》といえば、朝顔市で有名だ。毎年七夕の頃、入谷辺りの植木屋が、自慢の朝顔を山ほど持ってきては境内に店を出す。近年、江戸では朝顔が人気を博していて、町人ばかりか武家にも愛好家は多い。朝顔人気の高まりに、植木屋の次に目をつけたのは下級武士たちだった。収入の少ない彼らは、いい内職になると踏んだのだ。植木屋と下級武士とが競い、あるいは手を組み、朝顔の交配を重ねて変わり咲きなるものを次々と生み出した。花びらの縁《ふち》が縮緬《ちりめん》のようにちぢれた乱菊咲《らんぎくざき》、乱菊咲の中心にさらにもう一つ花があるような八重咲《やえざき》、もはや朝顔と呼べるのかわからない、細く裂けた花びらがあちこちを向いている獅子咲《ししざき》など、その種類は多岐にわたる。こうなると、需要の熱はますます高まる。愛好家たちは他人よりめずらしい朝顔を手に入れようと躍起《やっき》になり、値段はうなぎ上りに上がっていった。朝顔市に訪れる人の数も年々増え、境内や参道は活気に溢れている。

店の名前を書いた提灯《ちょうちん》が、あちらこちらで揺れている。朝顔の開く時間に合わせ、早朝から始まった市は人出も上々で、朝顔の鉢が飛ぶように売れていた。植木屋たちに便乗しようと、参道から境内へ、風鈴、釣り忍《しのぶ》に金魚、団子、冷やし瓜に鈴虫と、出店が軒《のき》を連ねている。その一角で、東仙も団扇を売っていた。台も何もいらない。場所は東仙一人が立てればいいのだ。植木屋と風鈴屋の間に入り込み、ときどき、「うちわーぁ、うちわー」と声を張り上げた。今年はどこぞの植木屋が黄色い朝顔を作ったとかで、同じ噂話《うわさ》が何度も頭の上を行ったり来たりしていた。

立っている場所が場所だけあって、朝顔と風鈴の絵柄の団扇がよく売れた。大勢の人の熱気のせいもあり、とにかく扇ぐものが欲しいと、絵柄をよく見ずに買う者も多かった。とはいえ、これでこの先半月分の飯代は稼げた。十分だろう。この日のためにせっせと準備してきた甲斐《かい》があるというものだ。売るものが少なくなると、後ろの石垣に寄りかかって絵を描き、骨に糊付けしてその場で団扇を作った。

午後も遅くなってきて朝顔の花が閉じ始めると、市も終わりに近づいていく。徐々に客足はまばらになり、提灯や石灯籠《いしどうろう》に火が灯されて、どこか寂しげな景色になる。隣の植木屋が、客寄せのために枯らした喉でごほんごほんと咳《せ》き込んでいたかと思うと、くるりとこちらを向いた。一日中よく晴れていたため、植木屋の顔は焼けていた。

「兄さん、団扇を一つくんねぇか」

歳は三十手前といったところだろうか。袖も裾も大きく捲《まく》った、ねじり鉢巻きの似合う男だ。売っている朝顔は濃い紫や薄紅色の乱菊咲で、花は大きくともどこか儚《はかな》げだと、特に女によく売れていた。

どの団扇がいいかと尋ねると、男はまだ何も描いていない、白い紙を指差した。

「さっき向こうで描いてただろう。あれを見てたら、俺も描いてみたくなってなぁ。ちょいと矢立《やたて》を貸してくれるかい」

　今日の稼ぎに満足していたこともあり、東仙は快《こころよ》く紙と矢立を渡した。矢立は出先で絵や字を書くためのもので、中には携帯用の筆と墨壺が入っている。男はさっそく、売り物の朝顔の少なくなった台の上に紙を敷くと、墨を水で少し薄め、筆を走らせた。東仙が予想していた通り、それは朝顔の絵だった。

　まるで自分の名でも書くかのようにさらさらと、男の筆には迷いがなかった。目の前にはいくつも朝顔の鉢があるのに、一度も顔を上げず、視線は常に筆先にあった。男は自分の中にある朝顔を描いているのだ。そのまま一息に、彼は朝顔を描き上げた。

「どうでぇ」

　それは見事な朝顔だった。色づいた花びらの縁の柔らかさ、根元へと向かう真っ白な筒の部分の清々《すがすが》しさ、花芯の儚さとが、見事に描かれていた。実物よりも艶《あで》やかだ。葉は細かな毛まで見えるのではないかと思うほど瑞々《みずみず》しく、しなやかな蔓は意志を持っているかのようだった。東仙はごくりと唾《つば》を飲み込んだ。

「あんた、絵の師匠は誰だ」

　思わず訊くと、植木屋は得意げに笑った。

「師匠なんざいねぇよ。花だけは得意なんだ。親父の代から植木屋で、生まれたときから木や花ばっかし見てる。そのせいだろうよ。それよりほら、早いとこ団扇に仕立ててくんな」

まだ驚きを拭えないまま、絵を乾かす傍ら、東仙は団扇の骨に糊を塗った。植木屋の描いた絵をじっと見ていると、彼はまだ開いている朝顔の花びらを撫でて言った。

「朝顔の一番《いっち》いいところは、この花びらさあ。色も柔らかさも大事だが、触ったときの少しぬめっこい、人の肌みてぇな触り心地。それがたまらねぇのよ。男じゃねぇ。やっぱり女だろう。花は女だ。それもとびっきりきれいな女の肌さ」

その、とびきりきれいな女の肌のような触り心地は、彼の絵の中によく表れていた。色気のある花びらだった。その絵を骨に貼り付けながら、東仙は途方《とほう》もなく打ちひしがれていた。

「兄さん、俺の描いた朝顔、何色だと思う」

植木屋の場所を借りて団扇に押切を当て、東仙は手を止める。

「紅……薄紅色か」

そうとしか見えなかった。押切に両手を乗せて体重をかけ、一度に断つ。ざくりと、紙と骨とが切れる。東仙の見立ては当たっていたらしい。植木屋は満足そうに頷いて、できあがった団扇をねじり鉢巻きに差した。

「お代なんだが、俺の自慢の朝顔でどうだい？」

からりと男は笑う。濃い紫色の朝顔を一鉢譲り受けると、東仙は手早く荷物をまとめ、逃げるように鬼子母神をあとにした。

恐れ入谷の鬼子母神。誰が言ったか知らないが、そんな言葉が今は笑えない。あんなに艶やかな絵を描く男が、市井《しせい》の植木屋とは。

朝顔一つ描けない俺は、俺は、何なのだろう。

土を蹴立《けた》てて向かった先は、時雨堂だった。暖簾を乱暴に払ってくぐると、すぐさま声を張り上げた。

「お雪！　お雪はいるか！　ジョウゴを持ってきてやったぞ！」

「東仙？」と、きれいな額にしわを寄せ、例の人形の腹に歯車を仕込んでいた時雨が、不思議そうに目を瞬いた。時雨の背中に自身の背をぴたりとつけて眠っていたまる山も、何ごとかと目を覚ます。まる山の首には赤いきれで鈴が結わえつけられていて、頭を起こした拍子にちりんと鳴った。お雪は台所にいるのだろう、すぐには顔を見せず、奥から声だけで答えた。

「ああちょうどよかった。この間東仙さんをからかったせいか、ゆうべジョウゴにひびが入っちゃって」

三和土《たたき》に朝顔の鉢を乱暴に置き、踵《きびす》を返す。東仙が表へ出るとすぐに、背後からお雪の声がした。

「やだ東仙さん、りっぱな朝顔じゃありませんか。いやですよ、嫌味なんか言って！」

そのあとで、まる山を呼ぶ声もした。東仙は苛立《いらだ》ちに歩を速める。

己の汗で溶けた美女の横にいくつ朝顔を描いてもジョウゴにしか見えなかった、あの夕暮れを思い出す。右手が憎く、その数倍己が憎かった。

さっきまであんなにも晴れていたのに、風が急に冷たくなった。西の空がにわかに青黒い雲で占められていく。運慶《うんけい》の彫った金剛力士《こんごうりきし》の、横顔のような雲だった。絶えず内側から隆起し、刻々と形を変える。今まさに湧き上がった雲は、振り上げた拳《こぶし》だろうか。

ああ、振り下ろす場所を探している。

小伝馬町へ向かいながら、思い出していたのは松山翠月と最後に会った日のことだった。翠月のもとにいた八年間で、東仙は何百枚と絵を描いた。だが、もっとも強く翠月の記憶に刻まれていたのは、絵のことなど何も知らなかった千太の描いた絵だった。ただ、目の前の飯を食うためだけに描いた絵だった。指で塗った赤紫蘇の汁の、匂いとしょっぱさとが思い出されて、唾が湧いた。飲み込んで、砂埃の舞う宙を睨む。

あの絵が、松山東仙の最高傑作だった。あの絵だけが。

そんなはずがあるか、と東仙は唇を噛《か》む。あんなものが。

あんなものが最高傑作でたまるか。あんなものが。

長屋の戸を開け放つと、吹き込んだ風が龍のように暴れて紙を巻き上げた。それが今の心持ちを代弁してくれているかのようで、東仙は口の端で笑った。間もなく、雨が降り始めた。つぶてのような雨が、戸を屋根を容赦なく叩く。戸を閉めると同時に、何かがするりと東仙の足元に滑り込んだ。まる山だった。

「お前」

そういえば、去り際にお雪がまる山を呼んでいた。あのときからついて来ていたのだろうか。家の主《あるじ》よりも先に上がり込むと、まる山は崩れた行灯用の紙の束の上に、居心地のいい場所を見つけてどっしりと座り込む。一度も鳴くことなく、黄色い目でじっと東仙を見ている。東仙は商売道具の団扇を置くと、行灯に火を入れた。時刻はまだ早いが、家の中はもう真っ暗だ。

「おとなしく時雨んとこにいりゃあよかったのに。俺んちには食いもんなんかねえぞ！風だって入るし、雨漏りだってする！」

言葉をぶつけるように言う。隙間風が行灯に当たり、明かりが弱々しく揺れた。光がまる山の墨色の毛の上を滑り、光のある場所だけを白く見せる。まるで縞模様だ。不意に、時雨の言葉を思い出した。

「応挙の」

外で轟々《ごうごう》と渦巻く風が、隙間風になると笛のように鳴る。大粒の雨が屋根に叩きつけ、あたかも天から龍が下りてきたかのような騒ぎだ。その中でもまる山は微動だにせず、微かな光を受けて目を光らせていた。眼光は鋭く、前足を伸ばして座る姿には風格さえ漂っていた。

「虎」

時雨から聞いたときには、讃岐とは遠いなとしか思わなかった。なぜ、それだけしか思わなかったのか。

本物の応挙の絵など見たことがない。絵師の自分も見たことがないのに、時雨は見たことがある。そのことを、なぜ悔しがらなかったのか。なぜ見たいと思わなかったのか。

今になって、己への怒りが込み上げてきた。

応挙の描いた襖絵の虎には、血が通っているのだという。肉があり、骨があり、脳みそを覆う髑髏があり、分厚い瞼の奥には、真ん丸の目玉があるのだという。

俺には描けないのだろうか。

東仙は拳を握る。怒りの衝動が、爪を強く食い込ませる。

描けないはずがない。描けないものなどない。俺は絵師だ。誰も名を知らなくとも、俺は絵師だ。まだ絵師だ。今もこの先も、ずっと絵師のはずだ。俺は絵師だ。絵師で、いさせてくれ。

願う相手は己しかいない。叶える者も己しかいないのだと悟ったとき、怒りは風に溶けるかのようにすうっと消えていき、別の衝動が胸の奥底に湧いた。

描きたい。応挙の虎にも勝る絵を、この手で描きたい。

手が震えながら筆を求めた。思いの速さに手がついてこず、手間取りながらたすき掛けをすると、棚から丸まった二尺四方の麻紙《まし》をひっぱり出し、伸ばすのももどかしく、乱暴に広げて四隅に茶碗《ちゃわん》を伏せた。油皿に火を点《つ》けて並べ、震える手で墨を磨った。こんなことは初めてだった。今すぐに、目の前の墨色の虎を描きたくて仕方がなかった。

下絵を描いている暇などない。皿に取って薄めた墨を筆に含ませ、紙に乗せる。滲《にじ》み止めの手順を省いた麻紙の粗《あら》い繊維が墨を吸い、放射状に滲んで色が広がっていく。

「動くなよ、頼むから動くな」

拝むようにまる山へそう言った次の瞬間には、動いても構わなくなった。東仙の筆はすでに、己の内に棲《す》む虎の姿を捉えていた。気高い虎はまる山に宿り、東仙は鏡のように虎と対峙《たいじ》する。

最初は薄墨で、徐々に濃くしながら、まる山の毛の一本一本までを描いていく。柔らかな毛の質感と、その内側にたしかに存在する、血と肉と骨とを写し取るように描く。生きた真ん丸の目玉を描く。

長屋を包む雨の匂いと、自《みずか》らの体から立ち上る嗅ぎ慣れた匂いの中、墨の香《か》が清々しく鼻に届き、東仙は身震いした。青い竹林の中にいるような、香《こう》の染みついた古寺にいるような、心身を浄化する匂いだ。毎日墨を磨っていても、久しくそんなことは感じなかった。己は戻ってきたのだ、絵師の居場所へ。

筆を下に置く間も惜しんで、口にくわえて面相筆《めんそう》をとった。練ったように濃い墨を、細い穂先に絡めて吸わせる。

まる山はときどき思い出したように瞬きをするほかは、ほとんど動かなかった。揺らめく小さな炎に囲まれて、笑っているようにさえ見えた。

汗を拭おうとした手の甲に、乾いた額が触れる。兄弟子の言っていたのはこういうことかと、内心笑って東仙はまた筆を運ぶ。

頭上の龍の咆哮《ほうこう》に長屋が揺れたことにさえ、東仙は気づかなかった。龍に勢いづけられたか、尚も強く、雨は降り続いている。

古井戸の月

松山翠月《まつやますいげつ》には娘がいた。名を志乃《しの》という。東仙《とうせん》より二つ下で、弟子入りした頃には彼女はまだ九歳だった。絵や作法の勉強と屋敷の雑用との合間に、よく遊び相手をしてやった。近所の男の子たちよりよほどおてんばで、木に登れば一番高いところまで登り、芝居ごっこで斬り合いをすれば男の子たちを泣かし、ムカデを素手で摑《つか》もうとして慌てて止められるような、そんな娘だった。

しかし年頃になるにつれてどんどん娘らしくなり、それを間近で見ているのはいささか落ち着かない心持ちだった。父親似の志乃は、幼い頃は細い目をからかわれたりもしていたが、十三、四になった頃からその目は切れ長と呼ばれるようになった。凜《りん》とし、何にも媚《こ》びないような美しい目をしていた。

最初は妹のように思っていた。記憶の中の成長しない妹に詫《わ》びるような気持ちで、遊び相手を務めた。志乃が娘らしくなり、妹ではないのだとはっきりと認識すると、今度は距離を置くようになった。近くにいるだけでそわそわとした。

おそらく、惚《ほ》れていたのだろう。当時は自覚しておらず、誰に話すこともなかったが、兄弟子たちに連れられて行った遊里で、勝手に後ろめたい気持ちになったことがあった。惚れている事実を、自分自身から隠していた。

兄弟子たちの会話を聞いたのだ。

「近頃お嬢さんは、めっきりきれいになったなぁ」

「ああ。親父《おやじ》殿はきっと、もっとも腕のいい弟子を、お嬢さんの婿《むこ》にするつもりなんだろう」

そのとき、何かがすうっと冷めた気がした。東仙より腕のいい門人は何人もいる。彼らに勝る絵師になるのに、どれだけの時間と労力がいるだろう。食事も夜具《やぐ》も住む場所もあるのに、そんな苦労を自《みずか》ら背負い込むなど、なんだかばからしいように思えたのだ。

それからは志乃の傍《そば》へ寄っても、話をしても、そわそわとすることはなくなった。志乃が十五のときに東仙が屋敷を出てからは、二度ほど翠月の屋敷で顔を合わせただけだ。

もう、嫁に行っただろうか。


「東仙さん東仙さん、いるんでしょう！　開けてください！」

続けざまに腰板障子《しょうじ》を叩く音で、東仙は目を覚ました。猫のように顔を擦りながら家の中を見回す。別段変わったところはない。家の中は団扇《うちわ》と行灯《あんどん》に使う紙で溢《あふ》れ、目の前には昨晩描き上げた猫の絵がある。懐《ふところ》に手を突っ込んで胸の辺りをぽりぽりと掻《か》きながら、ふと不審に思ってもう一度見回す。

まる山《やま》はどこだろう。いくらぼろい長屋とはいえ、出入り口と庭側両方の戸を閉めてしまえば、猫が出入りできるほどの隙間《すきま》はない。まる山を探しながら絵に視線を落とし、東仙は胸を掻く手を止める。

こんな絵だっただろうか。

昨夜はたしかに虎《とら》を描いた。姿こそ猫であれ、どんと構えた顔や鋭い目は虎のつもりで描き上げた。その出来栄えに満足し、崩れるように眠りに落ちたのだ。だが日の光の中で見ると、目つきこそ鋭いものの、描かれているのはどう見ても猫だった。

今まで描いた絵の中では一番の出来栄えだ。団扇や行灯に描いてきた絵などとは比ぶべくもない。それだけは間違いないのに、東仙の胸は落胆で占められていた。こんなもの、だっただろうか。まるで夢でも見ていたかのようだ。

「東仙さん！」

戸を叩く音はますます大きくなる。障子に透ける上半身の影と聞き慣れた声に、東仙は億劫《おっくう》そうに立ち上がると、壊される前にと戸を開けた。

「朝っぱらからなんだお雪《ゆき》」

強く言うつもりが、途中からあくび混じりになってしまった。外には小さな包みを持ったお雪が立っていて、不機嫌そうに眉を寄せた。

「何言ってるんですか、もうお昼ですよ！」

そう言うと、お雪は東仙を押しのけて上がり口に座った。持ってきた包みをほどくと、中は団子だった。時雨堂《しぐれどう》の隣にある、一福屋《いっぷくや》のみたらし団子と餡《あん》団子だ。

「おお、気が利くな。ゆうべから何も食ってねぇんだ」

「ばか言わないでください、あたしが食べるんです！」

言うなり、餡団子を頬張《ほおば》る。

「お茶ください」

「ねぇよ、そんなもん」

「じゃあ水でいいですから」

水瓶《みずがめ》の中を覗《のぞ》くと、ボウフラが浮いていた。その表情を読まれたのだろう。

「汲《く》んできてください。外の井戸で。早く！」

何が何だかわからぬまま、東仙は湯呑《ゆのみ》を持って、目の前の井戸で水を汲んだ。ついでに顔も洗う。お雪の言った通りだ。日はもう高くまで昇っている。昨夜の嵐が雲を引き連れて去ったらしく、空は一面、澄《す》んだ青だった。

喉《のど》が渇いていたことに気づいて水を飲み干し、お雪の分を汲んで戻ると、彼女は上がり口に膝をつき、覗き込むように猫の絵に見入っていた。絵の正面は部屋の奥を向いているので、お雪は絵の横から首を伸ばして覗き込んでいる。

「これ、東仙さんが描いたんですか？」

「おう」

「本当に？」

「誰が嘘《うそ》なんざつくかよ」

いつもとは違うお雪の反応に、東仙は少し自慢げに答える。

「まる山がゆうべついて来てな。さっき起きたらどこかへ行ってたが。ああ、餡子つけんなよ」

串に残った団子を頬張り、お雪が振り向く。

「なぁんだ、描けるんじゃないですか」

「あ？」

「絵ですよ、いい絵。これなら買い手がつくんじゃないですか？」

東仙から湯呑を受け取って、お雪はごくごくと喉を鳴らして飲んだ。お雪の頭越しに、東仙は猫の絵に目をやる。

「売らねぇよ、当分はな」

売りたくない理由はいくつかある。出来が良いのは自分でもわかっている。それ故《ゆえ》に惜しかった。まだ満足はしていない。だがここまでの絵を、次にいつ描けるかはわからない。

お雪は首を傾《かし》げたが、それ以上しつこく言うようなことはしなかった。

「そうですか、もったいない」

「それより、お前なんでここにいるんだ。時雨堂はどうした？」

音を立て、お雪は床に湯呑を置く。猫の絵を見て忘れていた不機嫌さが戻ってきたようだ。

「時雨堂はお休みです」

「どして」

「旦那《だんな》様がいないからです」

「時雨が？　どこ行ったんだ？」

そう問いかけた途端、お雪は立ち上がり、一段高いところから東仙を見下ろした。

「吉原《よしわら》ですよ吉原！　昨日、東仙さんが帰ってすぐに、重《しげ》さんが呼びに来て」

威勢のいい声は紙風船のようにしぼんでいった。重さん、というのは時雨堂のある通りから二本西の通りに居を構えるからくり師、伊藤重三郎《いとうしげさぶろう》のことだ。芋のようにごつごつとした顔に眼鏡を掛けた大柄《おおがら》な男で、人形を動かすのが得意な時雨と違い、こちらは拡大鏡を使って奥にある物語絵巻を浮かび上がらせて見せる、覗きからくりを得意としている。得意分野が違うためか張り合うこともなく、むしろ二人で組んでの興行は評判がいい。

重三郎は大の遊び好きで、まとまった金が手に入ると時雨を誘いに来るため、お雪としては近寄りたくない人間の一人なのだ。

「昨日は出掛けた途端に雨が降り始めたから、ざまあみやがれと思ってたんですけどね」

「口が悪いぞ」

「構うもんですか」

嫉妬は女を変えてしまうらしい。

「だって帰ってこないんですよ。朝になっても帰ってなくて、あの雨の中を男二人で吉原まで行って、女郎にへらへら愛想《あいそ》を振りまいてるかと思うとまあ情けなくて」

ぺたんと、お雪は力なく腰を下ろした。なるほど、それで機嫌が悪かったのかと、東仙は狭い上がり口に並んで座る。

「まあ、重さんはともかく時雨は女郎にへらへらはしねぇだろうけどな。ほら、今人形作ってるだろ」

「煙吐《けむは》きのことですか？」

「そう、それだ」

時雨の新作人形だ。ゼンマイ仕掛けの人形が煙管《きせる》をくわえ、離すと口から煙が出る。腹の中に煙を溜めたギヤマンの壜《びん》が仕込んであるらしいのだが、仕組みは東仙にはよくわからない。その人形の姿を、遊女にしたいと時雨が言っていたのだ。顔が描かれないままの人形の首が、しばらく前から机の端に転がっていた。

「人形の顔をどんな顔にするか、見立てに行ったんだろうよ」

「あたしはそれにも文句があるんです」

「あ？」

「どうしてあたしの顔じゃいけないんですか！　なんで旦那様はあたしの顔の人形を作ってくれないんですか！　ええ!?」

「おい、落ち着け、お雪」

詰め寄られてたじたじになっているところへ、向かいに住む大工の善次《ぜんじ》が笑いながらやってきた。東仙より歳《とし》は二つ上で、気楽なひとり者。気風《きっぷ》も調子もよく、これぞ江戸っ子という男だ。ねじり鉢巻きに道具箱を抱え、もう一仕事してきたようだ。

「ようお雪ちゃん、木戸まで声が聞こえてるぜ。東仙、雨漏《あまも》りはしてねぇか」

言われて屋根裏を見上げるが、水の漏れた跡はなかった。

「あれ、変だな。雨漏りしてねぇや」

「変だなじゃねぇよ、この前の長雨んときに直してやっただろうが」

「ああ、そうだっけか」

善次はやれやれと頭を掻く。

「直してやった甲斐《かい》がねぇぜ。善さんのおかげですぐらい言いやがれってんだ。まあ雨漏りがなかったんならいいさ。してもおめぇんとこは板張りだから、畳敷《たたみじ》きよりいくらかマシだがな。そこの塩屋なんざ雨漏りがひどくてな、売り物全部溶けちまって。乾いたら家中真っ白に塩が吹くぜ」

そう言ってけらけらと笑う。怪我《けが》や病や死の絡まない不幸なら、善次はわりと他人の不幸を楽しむ節がある。

「しっかしお雪ちゃん、やきもちの焼き方だけは一人前のかみさんだな」

いじわるそうに笑う善次を、お雪は睨《にら》みつける。

「善さんは黙っててください！」

「おお、おっかねぇ。そのうち細見《さいけん》の名でもつねり出すぜこりゃ」

「旦那様は細見なんて持ってません！」

いや、実を言うと持っている。東仙はひやひやしながら二人の会話を聞いていた。二人の話している吉原細見とは、吉原の遊女たちの特徴を細かに記した冊子のことだ。どこの見世《みせ》の何という遊女は色白で目が大きいだとか、こちらの見世の何という遊女はぽっちゃりとしていてたおやかだとか、そういったことが書かれている。品定めのためにある細見だが、時雨はもっぱら人形の顔の参考にするために持っている。もっとも、理由はどうあれ持っていることが知れただけでお雪の怒りはまた膨れ上がるだろう。時雨に隠すように言っておかなければならない。

「じゃあなお二人さん。雨漏りがあれば、小石川御門《こいしかわごもん》の修繕をしたこともあるこの善さんに、いつでも言ってくんな」

「親方のあとをついてっただけって聞きましたよ」

「なに、親方だって俺っちがいなくちゃ仕事にならねぇのさ」

軽口を叩いた善次が行ってしまうと、急に静かになった。お雪はため息をつき、みたらし団子の残りの一本を東仙に差し出した。

「くれんのか」

「もうお腹いっぱいなんです。五本食べましたから」

「よく食ったな」

ありがたくいただいて頬張り、さてどうしたものかと思っていると、戸口からひょっこりと覗き込む影があった。まさに噂《うわさ》をすれば影、である。

「時雨！」

「旦那様！」

「ああ、お雪、ここにいたか」

こちらの思うところなど露知《つゆし》らず、時雨はにこやかに片手を上げる。その爽《さわ》やかな振舞いに、余計に苛立《いらだ》ってお雪はそっぽを向く。

「旦那様、あたし今日は働きたくありませんから」

「私もだ。今日は時雨堂は休みだ」

「え？」

思わずお雪はきょとんとする。

「東仙、今日は売りに出るか？　暇か？」

「いや、売りに行く気はなかったが」

もう昼過ぎだ。精力はゆうべの絵にすべて注ぎ込んでしまったし、今日はこのまま家でごろごろと寝ていようかと思っていた。

「そうか、ならば付き合え」

戸惑う東仙の腕を摑んで立たせると、時雨は腕をひっぱりずんずんと歩き出す。

「ちょっと待て、時雨、お前どこ行くんだ」

「吉原さ」

「吉原？」

よりによって今その名は、と思ったところで、聞きつけたお雪が飛び出してきて団子の串を思いきり投げつけてきた。

「ええもう！　二人とも、二度と帰ってくるなー！」

「あ、こら、やめねぇか！」

串も言葉も、効いているのは東仙ばかりで、当の時雨は何のことだかわからない様子だった。

「お雪はなんだってあんなに怒ってるんだ？」

これじゃ貧乏くじだと、東仙はため息をつく。

「細見は隠しとけよ、色男」

浅草寺《せんそうじ》と小塚原《こづかつぱら》刑場を過ぎた江戸の北に、吉原遊廓《ゆうかく》はある。周りをぐるりと高い塀で囲まれ、出入り口は大門《おおもん》のみ、それも常に門番が目を光らせている。塀の周囲には、遊女たちがお歯黒を捨てることから名付けられたお歯黒どぶが、今日も真っ黒に濁《にご》って脱走者と侵入者とを防いでいる。

東仙が連れて行かれた場所は、廓《くるわ》内の北西、揚屋町《あげやまち》の茶屋だった。廓内で働く遊女や若い者が密会に使う場所だ。ここまで来る道すがら、東仙は時雨から、昨晩のことを聞いていた。

昨日、時雨と重三郎が柳橋《やなぎばし》の袂《たもと》から猪牙舟《ちょきぶね》に乗ったときには、すでに大粒の雨が叩きつけるように降っていた。屋根のない舟だ、苦し紛《まぎ》れに手拭《てぬぐ》いを頭に被ったものの意味をなさず、二人はずぶ濡れになって隅田《すみだ》の川を遡《さかのぼ》り、やっとのことで馴染《なじ》みの七尾屋《ななおや》という見世に飛び込んだ。馴染みと言っても、客としてではない。昼の吉原には、遊女たち相手の商売人が多く出入りする。かんざしや櫛《くし》、帯留めなどを扱う小間物屋や呉服屋、まだ年端もゆかぬ遊女見習いの禿《かぶろ》相手のおもちゃ屋、そして遊女たちの気を紛らわすための曲芸師などだ。中でも時雨と重三郎のからくり興行は人気で、始まればあちこちの見世から人が飛び出してくる。興行には七尾屋の前の通りを使わせてもらっていることから、二人は楼主《ろうしゅ》や遊女たちと顔馴染みだった。

ひどい雨の夜で、客は少ない。見世の男衆の着物を借りて着替えると、二人は中庭を囲んで設《もう》けられた座敷の一つで、酒と遊女たちの唄《うた》と舞とを楽しんだ。張見世《はりみせ》格子《ごうし》の中に並んでいた下位の遊女たちも、表を歩いている者がいないからと、ほとんどが座敷に顔を出していた。

「格子から雨が吹き込みんすもの。いっそ座っていられんせん」と、女郎の一人が艶《つや》っぽく苦笑して着物の裾《すそ》を払った。

膳《ぜん》が空になった頃、重三郎は一人の女郎に今宵《こよい》の床をねだられていた。遊女相手の商売人を客に取るのは好ましくないからと、楼主から釘を刺されていたため時雨は止めたが、酒で気分の良くなっていた重三郎は、女郎と座敷を出て二階へ上がっていった。残った女郎たちが、呆《あき》れと口惜《くちお》しさの入り混じったため息を吐く。嵐はひどくなる一方で、彼女たちは今夜、客を取れる見込みがなくなったのだ。

「ええ、うまくやったもんだよ鈴川《すずかわ》さんは」

「ほんに。持っていかれんしたなぁ」

「なにさ、重さんにうまいとこなんざありゃしぃせん。いっそ顔だけでも良けりゃあ楽しみもござんしょうが」

「ええもう、夏尾《なつお》さんそれを言いなんすか」

女郎たちはかんざしを揺らしてくすくすと笑う。中でも七尾屋の尾の字を名に持つ看板女郎たちは、鼈甲《べっこう》のかんざしを扇《おうぎ》のように髪に挿していて一層華やかだった。時雨はことりと盃を膳に置いて言う。

「ここもお開きにしよう。たまにはみんなも早く寝るといい」

はあい、と女郎たちは声を揃《そろ》えた。

「時雨さんはどうしなんすえ」と、夏尾が尋ねる。

「まさか、この雨の中を帰りもしぃせんえ?」

「この座敷に泊まらせてもらえないかと、楼主に頼んでおいたよ」

「ああ、ならばようござんす。退屈しぃしたら、誰でも呼んでおくんなんし。おしゃべりなら楼主《だん》さんにも叱られめぇ」

女郎たちが二階へ上がってしまうと、男衆が布団と夜具とを抱えてやってきた。彼がいなくなると、時雨は床の間近くの行灯一つを残して、ほかの明かりを消した。外は石灯籠《いしどうろう》さえ飛ばされてしまいそうな雨風だ。南の空に稲光が走る。嵐の中には龍がいる。龍は今、小伝馬町《こでんまちょう》か人形町《にんぎょうちょう》か。壁に寄りかかり、一人盃を傾けていると、音もなく襖《ふすま》が開いた。

薄明かりの中、三味線《しゃみせん》を抱えた芸者が立っている。七尾屋の抱えている内芸者で、玄鳥《つばめ》という名の娘だ。先ほどは別の座敷に呼ばれていたようでいなかったが、やはり時雨とは顔馴染みだ。名の由来となった艶やかな黒髪を、翼を広げた鳥のような形の立兵庫《たてひょうご》に結っている。色白の細面《ほそおもて》で、目尻の少し上がった切れ長の目が印象的な娘だ。体型はすらりと手足の長い当世風。ほかの遊女と比べても一際美しい彼女は、驚くことにまだ十七だという。

「時雨さん、ちょいとよしかえ?」

「どうした? 休まなくていいのか」

「聞いてほしいことがござんす」

襖を閉めると、玄鳥は時雨の傍に腰を下ろした。だが、聞いてほしいと言いながら、玄鳥はなかなか口を開かなかった。三味線を爪弾《つまび》き、微《かす》かな音を鳴らしている。この嵐だ。座敷の外には聞こえないだろう。玄鳥は弦に指を置いて音を止める。

「時雨さん」

稲妻が障子の向こうで閃《ひらめ》く。光を追ってわずかに遅れる轟音《ごうおん》に、わざと重ねて玄鳥は言う。

「菊尾《きくお》姉さんがいなくなりぃした」

菊尾は七尾屋の看板女郎の一人だ。年の頃は二十二。おとなしく、人の多い場所には必要以上に顔を出さない。そのため、時雨は彼女と話したことがない。からくり興行の際には、いつも七尾屋の二階から、煙管を片手に格子越しに覗いていた。微かに甘い煙の匂いを憶《おぼ》えている。あれは唐物の煙草《たばこ》だと誰かが言っていた。本人が口を利かない代わりに、彼女の妹分たちからはよく評判を聞いた。面倒見がよく、優しい女なのだという。玄鳥はその妹分の一人だった。

「足抜け、か?」

妹分たちから聞いた評判にはそぐわない。だが、吉原からいなくなるということは、身《み》請《う》けか足抜けしかない。身請けでないことは、玄鳥の選んだ言葉が物語っている。塀を越え、お歯黒どぶを越え、吉原から逃げ出そうとする者はときどきいる。だが監視の目は厳しく、成功した者はほとんどいない。見つかって連れ戻されれば、恐ろしい仕置きが待っている。

「へえ。阿谷屋《あだにや》の若旦那とそねぇな話をしたと、そっと教えてくれんした」

「駆け落ちか。うまくいったのか？」

玄鳥《つばめ》は首を横に振る。

「わかりぃせん。帰ってきぃせんのだから、うまくいったと思いとうござんす。けど」

そこで思い詰めたように押し黙る。

「玄鳥《つばめ》？」

「菊尾姉さんがいなくなったおり、阿谷屋の若旦那が吉原《なか》に来ぃした。むりやり連れて来られんしたか、嫌そうに、七尾屋の前を通って、ほかの見世に入りぃした」

吉原では、馴染みの女郎がいるのにほかの女郎のもとへ通うのはご法度《はっと》だ。おまけに菊尾と駆け落ちしたはずだと、玄鳥だけは知っている。翌朝、若旦那を懲《こ》らしめようとする見世の者たちと一緒に、玄鳥は大門の前に立ち、よその見世から出てきた若旦那を捕まえた。

「阿谷屋はなんと」

「悪びれもせん。菊尾がいねぇのだからいっそ仕方ねぇと、堂々とおっせぇす。そねぇに言われりゃ何もできめぇ……菊尾姉さんは、どこへ行きなんしたか」

「廓の者には？」

玄鳥は俯《うつむ》いて首を振る。

「誰にも、なんも。楼主《だん》さんは、姉さんは床に臥《ふ》せっているとて押し通していんす。姉さんをこっそり探しているようでござんすが」

見つからないのだろう。声は尻すぼみに嵐に溶け、玄鳥はまた気まぐれに、三味線を鳴らし始めた。いくら嵐の晩とはいえ、見世の中ではどこで誰が聞いているかわからない。詳しく話を聞くため、時雨は翌日の昼過ぎに茶屋の二階で落ち合う約束をした。

話を聞き終えると、東仙は腕組みをして唸《うな》った。

「行方《ゆくえ》知れずの女郎ねぇ。たしかに時雨一人じゃ手に負えねぇ。それで俺が呼ばれたわけか」

「いや、手に負えないというか」

とんとんと階段を上がる音がして、玄鳥が現れたのはそのときだった。まだ昼の八ツ時とあってかんざしは挿していないが、鮮やかな群青《ぐんじょう》の小袖《こそで》が華やかだ。胸には風呂敷包みを抱えている。白いうなじに片手を添え、気怠《けだる》そうに言う。

「お待たせしぃした。時雨さん、そちらが毎日ふらふらしなんす暇なお人かえ?」

ぼうっと見惚れていた東仙は、我に返って時雨を睨みつける。

「おい、誰が暇人だ」

「私に比べればの話だ」

「おや、違うのかえ」

ぐっと言葉に詰まると、待っていたかのように時雨が小さく吹き出した。横目で睨むと、はぐらかすように時雨は言う。

「玄鳥、人目を忍んで会うのにその格好は目立ち過ぎじゃないか。何のための裏茶屋だと思っている」

「なにさ、構いぃせん。わっちは時雨さんに小袖をば届けに来なんした。それだけでござんすよ」

そう言って、時雨に風呂敷包みを渡す。中は乾いた着物だった。

「重三郎のは?」

「あいさ、重さんは乾くまでいんした。楼主《だん》さんの顔馴染みとはいえ、ほんに、いけ図々《ずうずう》しいお人だよぉ」

東仙は時雨と顔を見合わせて苦笑した。時雨の着替えも終わり、話は本題へ入る。

七尾屋の女郎、菊尾がいなくなったのは、七月一日の夜だった。その一月ほど前から菊尾は妙に機嫌がよく、わけを訊《き》いた玄鳥にだけ、阿谷屋の若旦那、京太郎《きようたろう》との駆け落ちを打ち明けた。十日前になると、菊尾の振る舞いはかえって落ち着いた。玄鳥は、駆け落ちはやめにしたのではないかと思ったほどだ。慎重に慎重を期していたのだろう。

そして七月一日の夜、具合が悪いからと早々に部屋へ閉じ籠《こ》もった菊尾は、翌朝には消えていた。着物もかんざしも、高価な物はみな置いていった。なくなっていたのは京太郎からもらった鼈甲のかんざしと帯留め、古い小袖だけだった。

玄鳥は目を伏せる。その憂《うれ》いに満ちたまなざしと、影を落とす扇のような睫毛《まつげ》、目尻の鮮烈な紅《べに》とに、東仙は見入っていた。

「おまい、聞いていんすかえ？」

黒目の流れるような動きで不意にぎろりと睨まれ、東仙は思わずかくかくと頷《うなず》いた。時雨は雑記帳に事のあらましを記している。

「玄鳥、その日の菊尾の格好を教えてくれ」

「へえ」と返事をすると、玄鳥は東仙には何の未練もないように視線を時雨に戻した。

「あの日の昼はわっちと同じ立兵庫に結っていんしたが、こねぇな髪はかもじでござんす」

立兵庫は華やかで、遊女が好む結い方だ。玄鳥は自分の頭の、一対の翼に似た部分を指す。かもじということは、本人の髪ではなく付け毛なのだ。

「ということは、抜いてしまえばわけもないか。丸髷《まるまげ》にでも結えば町に紛れるのは造作もない」

時雨の言葉に玄鳥は頷く。

「着ていたのは鴇茶《ときちゃ》の小袖でござんしょう。それだけなくなっていんしたもの。時雨さんは、姉さんをば覚えていなんすえ？」

「もちろんだ」

顔は時雨に向けたまま、玄鳥はちらりと横目で東仙を見る。蚊帳《かや》の外に置かれたまま話の進んでいくのを見ていた東仙は、急に流し目を向けられてどきりとする。

「おまいは知りぃせんのだえ、菊尾姉さんのこと。わっちらの本当《ほん》の姉さんのようさ。まるで観音さんみてぇな、慈悲深いひとさ。顔だけ見れば、とても女郎とは思いぃせん。下がり眉に目尻も落ちて、唇はぽってり、頬はふっくらすべすべして」

話しているうちに、玄鳥はうっとりと目を細めた。

「ああ、なんぞ言いんしたか。これさ、鈴木春信《すずきはるのぶ》の絵に似ていんすと、誰ぞかに言われたことがござんした」

「春信？」

知った名が急に出てきて、東仙は心なしかほっとし、いつもの調子に戻る。

「時雨、貸してみろ」

言うなり時雨の手から雑記帳をひったくると、東仙はさらさらと筆を運んだ。七十年も前に美人画で大成した絵師の錦絵ならば、何度も写したことがある。丸みのある顔にすっと通った鼻筋、情の深いまなざし。淡く穏やかな色調で、絵の中の時はゆったりと流れている。

「こんな顔か」

絵をぴらりと玄鳥の前に差し出すと、彼女は目を丸くした。

「そっくりだえ。おまい、まさか姉さんの客人かえ？」

「そりゃまさかだ。会ったことなんざねぇが、これでも絵師でな」

「絵師？」

玄鳥の東仙を見る目が鋭く変わった。値踏みされているかのようだ。

「センセ、名を教えなんし」

「青井《あおい》東仙だ」

胸を張って言ってみたものの、団扇と行灯にしか絵を描いていない者の名が吉原まで届いているはずもない。玄鳥はあからさまにがっかりした顔を見せた。

「知りぃせん。なんぞ、時雨さんのご友人とて聞きなんしたから、名のあるお人かと思いんしたのに」

「悪かったな」

吐き捨てるように言ってあぐらの膝《ひざ》に頰杖をつくと、時雨が顔をそむけてくすくすと笑った。

玄鳥からは、ほかにもいくつか菊尾のことを聞いた。馴染みの客は何人もいたそうだが、先の話をしたのは京太郎だけらしい。起請文《きしょうもん》を交わしたり、起請彫りをしたりということは気性には合わずしなかったようだが、京太郎からもらったかんざしや帯留めは、常に身に付けていた。

「若旦那はきっと知っていんす。あれ以来、吉原に顔を見せんすもの。銀煙管《ぎんぎせる》のお仲間たちは、よぉく姿を見ぃすけど」

「銀煙管？」

聞き返すと、玄鳥は嫌そうに眉をひそめた。

「日本橋《にほんばし》の大店《おおだな》の若旦那たちのことでござんすよ。示し合わしたように銀の、吸口から雁《がん》首《くび》まで一本の、無垢《むく》の銀の煙管を揃いで持って、身なりもお店《たな》も立派でござんすが、わっちはどうもいけ好かねぇ」

　そこに臭いものでもあるかのように、玄鳥は顔をしかめて手を振った。袖が揺れて、焚《た》きしめた香がふわりと香る。

「銀煙管ねぇ。まあ早い話、若旦那を問い詰めりゃあいいわけだろ？」

「そう、うまくいけばいいがな」

「そねぇに容易にすむなら、わっちとて苦労しぃせん。少しは頭を使いなんし」

　ぴしゃりと言って、

「時雨さん、どうぞ姉さんのことをば頼みぃす」

　時雨にだけ頭を下げると、玄鳥は立ち上がった。あまり長居しても、見世の者に怪しまれる。階下に禿《かぶろ》を待たせているのだ。

「あ、玄鳥、ちょっと待て」

　階段を下りようとした玄鳥を、東仙は呼び止めた。途端に玄鳥は不機嫌な視線を向けてくる。

「気安くわっちの名を呼びなんすな。おまいは時雨さんとは違うのだえ」

「ああ、悪い」

　四つも下の娘に気圧《けお》され、つい謝って内心落ち込む。嫌そうな素振りを見せつつ、玄鳥は足を止めた。

「なんだえ」

「いや、ちょっと訊きてぇんだが、お前は芸者だと時雨から聞いた」

「そうでござんすが」

「なんで女郎にならねぇ？　お前ほどの美人なら、振新《ふりしん》（振袖新造《ふりそでしんぞ》）から始めて看板女郎、花魁《おいらん》にだって手が届くだろう。どうして七尾屋はお前を芸者になんて。もったいねぇじゃねぇか。お前だってその方が、年季明けも早いだろう」

するとと玄鳥は、口元を歪めるように冷たく笑った。背筋がぞくりとするような笑い方だった。

「一昨年、吉原で小火《ぼや》があったのを知っていなんすかえ？」

「小火？」

「火元は七尾屋さぁ」

玄鳥は右手を左の肩にかけ、白いうなじを指差した。

「死人はいなんすが、わっちは背中に大火傷《やけど》。今は隠れて見えせんが、こねぇな下はめちゃめちゃさ。わっちは女郎になられなんだ」

襟元《えり》を引き上げるように、玄鳥は群青の襟に手を伸ばした。

「それでも菊尾姉さんの上客が、わっちの水揚げをしんすとおっせぇしたが、いざそのときには、わっちの背中を見て腰を抜かしんした。がくがく震えなんして」

大の男が、悲鳴を上げるのではないかというほど青ざめて怯《おび》えていたという。

「火傷があるのは知ってたんだろう？　ならなぜ」

訝《いぶか》しむ東仙に、玄鳥は唇の端をますます歪めた。

「さあ、なぜでござんしょうな！　わっちは自分の背中を見たことがござんせん。合わせ鏡でもうまく見えせんから。誰もわっちの背中に何があるのか教えてくれねぇのさ。あの客人は何を見ぃしたか。真っ赤な鬼かお不動さんか、それとも田舎《いなか》のおふくろさんか……なんでも構いぃせん。わっちはもう、女郎にはなられめぇ」

最後の流し目は、黒目に目尻の紅《あか》が映えてまるで絵のようだった。来たときよりも重い足音が、階段を下りていく。東仙は鼻から深く息を吐き、彼女の去った階段を見下ろした。

「菊尾が鈴木春信なら、玄鳥は渓斎英泉《けいさいえいせん》だな」

「どう違うんだ？」と、菊尾の人相書きを眺めていた時雨が顔を上げる。

「春信の描く女が清楚《せいそ》で情が深ぇなら、英泉の描く女は情念が深い。色っぽいが、おっかねぇんだ」

英泉は美人画や春画を多く描いているが、町娘を描いても遊女を描いても、半開きの口と突き出した下唇、血走った目には匂い立つほどの妖艶《ようえん》さがある。特に睫毛に囲われたまなざしの強さは、穏やかさとは無縁だ。

「おっかないか」

「おっかねぇさ。お雪がどう転んでも、あと三年でああはならねぇだろう？」

お雪を思い浮かべたのか、時雨がくつくつと笑った。

「玄鳥のようになってもならなくても、今よりおっかなくなるのは勘弁だ」

「お前、それお雪の前で言ってみろ。刺されるぞ」

「団子の串でか」

「言ってろ。お雪もかわいそうだよ、ったく」

呆れ半分、お雪への同情半分でため息をつく。

「玄鳥は、女郎になりてぇんだな」

階段脇の柵にもたれてぽつりと言う。女郎になりたいなどおかしな話だが、先ほど東仙自身が言ったように、年季明けまでの期間は違う。女郎になるつもりで、その金額で売られてきたのだ。吉原芸者は、芸は売っても身は売らぬ。女郎の床と芸者の座敷では、どちらが早く借金を返せるかは一目瞭然《りょうぜん》だ。

「七尾屋の方でも未練はあるらしい」

時雨の言葉に振り返る。

「十一かそこらで売られて来たときから、あの娘をきっと花魁にしてみせようと、手塩にかけて育ててきたんだ。小火のあと、楼主が肩を落としていたのを覚えてるよ。簡単に諦《あきら》められるはずもない。その証拠に、玄鳥は芸者でありながら座敷持ちだ」

普段自分が生活する部屋のほかに、客を迎える部屋を持っている遊女のことを座敷持ちという。無論、芸者に客を迎える座敷など必要ない。

「未練か」

七尾屋の未練を、玄鳥も三味線を弾く背中に感じていることだろう。背中の火傷さえなければと、日々思いながら暮らしているのかもしれない。時雨は雑記帳に玄鳥の顔を描いていた。上手《うま》くはないが、特徴はとらえている。どうやら煙吐き人形の顔は玄鳥と決めたようだ。

「さて」と、雑記帳を閉じて時雨が立ち上がった。

「蕎麦《そば》でも食って帰るとしよう」

「お、奢《おご》りか？」

「今回ばかりは、私が付き合わせたからな」

いそいそと立ち上がると、犬みたいだと時雨が呆れて笑った。

吉原を出て、二人は正燈寺《しょうとうじ》近くの蕎麦屋に入った。正燈寺は紅葉《もみじ》の名所で、秋になると賑わうが、今の時季の青紅葉も清々《すがすが》しくて悪くない。蕎麦屋の二階からは、境内《けいだい》の青葉がよく見えた。時雨の奢りならばと、湯葉に椎茸《しいたけ》、かまぼこ、三つ葉の乗ったおかめ蕎麦を頼むと、東仙は一息に平らげた。

「久しぶりに具の乗った蕎麦を食ったぜ」

「それはよかった」

時雨はがっつかず、一口一口をしっかりと噛《か》んでいる。

「そんな食い方じゃあ蕎麦がうまくねぇだろ」

「一気に食うと腹を下す」

「軟弱者。だからお前は野暮《やぼ》だとか男らしくねぇとか言われるんだ」

「言われてるのか？」

「向こうも噂してんだから少しは聞いてやれよ。口動かすのもただじゃねぇんだ」

卓に肘《ひじ》をつき、東仙は外を見上げた。蟬《せみ》が鳴いている。あれはあぶら蟬だ。じりじりと、暑苦しい声がする。時雨の許しももらわず、東仙はもう一杯蕎麦を注文した。手持ち無沙汰《ぶさた》で待っているのも、また腹が減るのだ。一応遠慮して、二杯目はかけ蕎麦にした。

「ひとまずは菊尾の行方探しか」

二杯目も易々《やすやす》と平らげて、東仙は腹をさすって息を吐く。

「そうだな。菊尾はどこで消えたのか。何も七尾屋の二階から、煙のように消えたわけでもあるまい。ましてや幽霊でもない」

「なるほど、足はあるってことか」

阿谷屋に正面から乗り込んだところで、はぐらかされるのが落ちだとすれば、菊尾の足取りを追うよりほかに仕方がない。

「吉原を無事に出られたとして、女の足じゃあどこへ向かうのも遠い。猪牙《ちょき》はもうしまいだ。となると、駕籠《かご》か」

時雨は神妙な顔で頷いた。ふと思い出し、東仙は剣呑《けんのん》な目つきで時雨を見る。

「そういやお前、玄鳥に俺のことを暇人と言ってたな」

「当たらずも遠からず、だろう」

悪びれずに微笑《ほほえ》んで、時雨は女中に麦湯を頼む。

「いいじゃないか。どうせ言わずに会ったところで、堅気《かたぎ》には見えん」

「けっ」と、東仙はぼさぼさの頭を掻いた。時雨にはまだ昨夜描いたまる山の絵を見せていない。あの絵を見せたら、時雨の評価も変わるだろうか。玄鳥の評価も。

名のあるお人かと思いんしたのに。

玄鳥の一言が、なぜか無性に悔しかった。三流だ下手《へた》だと、ばかにされることには、もうとっくに慣れたと思っていたのに。

「時雨」

「ん？」

「俺は絵師になる」

呆気《あっけ》に取られたか、時雨は口を開けたまましばし固まっていた。

「今までは絵師ではなかったのか？」

「今までは、絵師を名乗って、絵を描いてただけだ」

絵師であることと、絵師を名乗ること、絵を描くこととはそれぞれ違う。

「俺は団扇売りで、行灯張りだ。松山の門人だった頃は、絵師だったかもしれねぇが」

今になって思えばそれも違う気がして、東仙は首を横に振った。昨夜のような気持ちで絵を描いたことは、あの頃にもなかった。

「じゃあ、東仙はこれから絵師になるのか。初めて」

東仙はゆっくりと、噛みしめるように頷いた。

「ゆうべ、絵を一枚描いた。黒猫の絵だ。まる山さ。ついて来ちまったんでな。俺の長屋に広げてあったんだが、見たか？」

「いや。東仙のぼさぼさ頭が邪魔でな」

苦笑して、東仙はまたがしがしと頭を掻く。

「お雪はその絵を見たんだろう？　何と言ってた？」

「めずらしく、いい絵だとさ」

「お雪が言うなら本当なんだろう」

東仙は唸って腕を組む。

「あの絵の猫の目は、じっと俺を見るんだ。描いてるときからな。虎みてぇな目をして、俺を見て、お前はまだ描けるはずだと言うんだ。責めるみてぇにさ」

それもまた、あの絵を売らない理由の一つだった。

「絵が口を利いたか」

「ああ。描けと言われた。俺の方でも不思議なもんで、あの絵を描ききって精根尽き果てたと思ったのに、朝起きて絵を見たら、なんだかがっかりしちまって。今は、また、新しい絵を描きたくなってる」

意外そうに、うれしそうに時雨は微笑む。

「ほう、次は何を描くんだ」

「玄鳥の背中」

「それはまた」

驚きを口にしたあと、ふっと息を吐いて笑う。

「ただでは描けんぞ」

それは芸者としての値《ね》のことか、それとも玄鳥の気位の高さを指して言ったのか。

「いつになるかはわからねぇ。けど、あの娘の背負ってるもんを描いてみてぇんだ。そんな大層なもんを想像に任せて描くわけにはいかねぇから、そうするってぇと、やっぱり金が要るな」

その奥にある思いを、東仙は口にしなかった。玄鳥の背中の火傷がどれほどのものか、描いてみたいと思っているのは本心だ。その背に何があるのかを誰も玄鳥に告げぬとあれば、そこに棲《す》んでいるのはよほどのものだろう。おそらくは、ただの炎の爪痕《つめあと》ではないのだ。惹《ひ》かれるのも当然というものだ。だがそれ以上に、描いて見せてやれば玄鳥は喜び感謝して、己《おのれ》を腕のいい絵師だと認めるのではないかとひそかに期待していた。

玄鳥を認めさせるだけの腕が欲しい。名声が欲しい。あの娘に、これ以上好き勝手言われてたまるか。

英泉の描いたような、美しさと強さを持つ玄鳥だからこそ、思いは一層強かった。見栄どころのものではない。どろどろと濃いそれは、身の内から湧き出た欲そのもののようだった。

階段を下りていく玄鳥の後ろ姿を見ながら、あの娘にもう一度会うには金が要るのだと頭の隅で思った。ならば、売れる絵師になればいい。名声を得ればいい。それは東仙にとっては都合のいいことでもあった。道は一本につながった。

東仙は麦湯を飲み干すふりをして、湯呑の内で己を笑った。遠い江戸へ憧れていた、幼い頃の夢想がふっと脳裏《のうり》を過ぎったのだ。東仙の表情の変化を目で追っていた時雨が、湯呑を置いて口を開く。

「少し、昔の話をしてもいいか。子供の時分のことさ」

俯きがちな額の端に、前髪が一筋はらりとかかる。時雨が自分の話をするのはめずらしい。東仙は頷いて話の先を促した。

「十か十一の頃、病に臥せっていた時期があってな。二月ほどだったか、ずっと座敷で寝ていたんだ。その歳の頃にはもうからくりを作るのが好きで、初めは早く布団から出て、からくりを作りたくて仕方がなかった。また膳の脚《あし》に車をつけて、女中たちを驚かしてやりたかった」

驚いた女中の顔でも思い出したのか、懐かしそうに目を細める。その顔を見ながら、時雨の思い出の中には女中がいたのかと、東仙はその暮らしぶりが少しだけ気になった。きっと、自分とはあまりに違う人生なのだろう。時雨の方は気にもしていないから、どんな身分だったと自分から言うこともない。顔を出しかけた嫉妬は、すぐに消えた。妬《ねた》むことに意味はないと知っている。

「だが」と言い、時雨は表情を強《こわ》ばらせる。

「一月もすると、私はからくりのことなど考えなくなっていた。一時《いっとき》病が重くなったのもあるが、快方に向かってからも何かをしようという気にならなんだ。それが布団から出て動けるようになると、急にいろんなことがやりたくなった。それこそ体の内から噴《ふ》き出すようにな。それまで粥《かゆ》ばかり食べていたが、菓子も魚も卵も食べたくなった。もちろんからくりも作りたくなって、そこからは毎日のように、新しいからくりのことに頭を巡らせた」

そこで一度言葉を切り、時雨は大きく息を吸った。

「今でもあのときのことを思い出すと恐ろしくなる。病のことではない。病の床で、何をやる気にもなれなかったことさ。母や女中が運んでくる粥を、何とも思わずにすすっていた。口元まで匙《さじ》を持ってこられて、粥が口の中に入ってもうまいともまずいとも思わなかった。味もわからない。眠くなくても寝て、起きたらまた粥をすすり、医者に診てもらってはいつも同じ薬を飲んで、また眠った。思うんだ。あのときの私は、ただ生きているだけだった」

時雨は腕を両の袖に差し込むようにして組むと、目を閉じ、首を振った。

「ああなるのが恐ろしくて、私は今でも毎日からくりのことに頭を巡らせている。毎日、何かをしていなければ気が済まないのだ。気づけば時雨堂はあのざまさ」

店を埋め尽くす人形や時計や、歯車などの部品の数々を思ってか、時雨は自嘲《じちょう》気味に笑った。一方で東仙は、夢中になってからくりを作り続ける時雨を焚きつけているのが恐怖心だったことに少なからず驚いていた。

「子供の時分のことは、病だったからだろう」

「そうだ、病だ。私にはどうにもならないことだった」と、時雨は即答して目を上げる。東仙と目が合う。

「だが、東仙は病ではなかった」

思いもしない言葉に、東仙は眉をぴくりと動かした。

「どういう意味だ?」

時雨は正燈寺の青紅葉に目をやった。一度目を閉じてから、こちらへ向き直る。

「東仙の心を満たすものが何かは知っている。日に二度か三度の飯を食い、夜は夜具をかけて眠ることだ。自分の家があり、できたら毎日湯に入ることだ。だが、それは下総《しもうさ》にいたときの望みだ。この町では団扇売りでも十分に食える。江戸とはそういう場所だからだ。食うものに困っても、私がいる。お雪は嫌がるだろうが、それでも食ってはいける。家も夜具もある。それだけでいいのかと、ずっと思っていた」

時雨の涼やかな目つきが、それ故に何か恐ろしいものに思われた。

「良く言えば、東仙は無欲なんだ。余計なものを欲しがらない。だが近頃の東仙は、本当に、生きているだけで、私は気がかりだったのだ」

気がかりと言いながら、その目は刃のように鋭く光り、東仙はどきりとした。時雨はふいと目を逸《そ》らす。

「私は、ただ生きているというのが嫌なんだ。だから江戸へ来た。毎日からくりを作り続けて生きるには、この町は打ってつけだ。だが近頃の東仙を見ていると、子供の時分を思い出してつらかった。もうそろそろ、布団から起きたらどうかと思っていた。わかるか、東仙」

もう一度視線をこちらに戻したときには、時雨はいつもの、何を考えているのかわからない変わり者の顔に戻っていた。喜色満面、時雨は笑う。

「私は今、うれしいんだ」

ただ生きているのが嫌だという、時雨の言葉の意味が、少しずつ体に入ってくる。団扇が売れても売れなくても、それでいいと思っていた。売れなくても、悔しいとも思わずに、お雪の作ってくれた握り飯を食べていた。腹が膨れたことに満足はしても、それ以外のことは何も思わなかった。きっとあのとき、自分はただ生きているだけだったのだろう。

「わかるよ」

今ならわかる。昨日までの己は何をしていたのだろうと思うほど、今、身の内には熱がある。燃えている。

「欲しいものの一つもなけりゃ、こう、生きてるって気がしねぇ」

描きたいものを描ける腕と、名声、玄鳥。それらが東仙の心臓を摑み、どくりどくりと脈打たせている。今は何もかもが欲しい。その欲が、東仙を生かしている。鼓動の意味を知る。我ながら欲深い。だが、それらが己を絵師にするのだろうということも、東仙は薄々感じていた。濃く、熱い血が全身を巡っている。

「東仙、時計の針は同じ盤の上をくるくると回る。だが、時は回っているわけではない。絶えず進んで、戻ることはけしてない。あれは私への戒《いまし》めのようなものさ。進む時を見せつけて戒めるために、私はあれだけの時計を集め、また作っているのだ。わかるか？」

己の内へと意識を向けていた東仙は、目を上げ、首を横に振る。

「よくわかんねぇ」

「だろうな。時を無駄にするなということさ」

「ああ、それなら」

涼しい顔で、時雨は満足そうな笑みを浮かべた。


長屋に帰ったのは空が茜《あかね》色に染まった頃だった。塩売りの与七《よしち》の家は善次の言った通り、開け放たれた腰板障子の下の方が白く塩を吹いていた。壁に立て掛けられている畳も一面真っ白だ。中から善次の声がする。

「だぁから、俺が直してやるって言ってんだろうが。ありがたく甘えろよ」

天井の雨漏りのことを言っているのだろう。与七がのんびりとした声で返している。

「いいって善さん。次に雨が降りゃあ、天井から塩も洗い流されてさっぱりする。俺ぁそれを待つよ」

「ばーか、その前に畳が駄目んならぁ！」

善次も与七も相変わらずだ。いつもなら冷やかしに行くところだが、今日は言い合いの間に入るのも面倒だ。音を立てないように通り過ぎると、井戸端が妙に騒がしい。井戸端で話に花を咲かせているのは、左官の伊作《いさく》の女房と、駕籠かきの嘉助《かすけ》の女房、それに眼鏡を掛けた見知らぬ若衆だった。

「ああ、東仙さん。おかえり」

嘉助の女房、お景《けい》が手招きをし、伊作の女房のおかつは若衆を促す。どちらも子供のいない夫婦で、女房たちは東仙よりも若い。手拭いを姉さん被りにして、野菜を洗っている。

「この子、東仙さんを待ってたんだよ」

お景に言われ、若衆がぺこりと頭を下げる。年の頃は十四、五ほどで、髷は結い立てのようにぴしりとしている。木綿の藍の着物は汚れもなく、暮らしぶりは良さそうだ。分厚い眼鏡は、重三郎のように肉厚な顔ならば人相の一部となるが、細面の若衆には、まるで顔の半分に獅子《しし》の張りぼてを乗せたような有り様だった。手には蒸かしたとうきびを二本、手拭いにも包まず直に持っている。

「お初にお目にかかります、東仙兄さん」

一瞬、下総に残してきた弟の顔が浮かんだが、弟ならば、お初にとは言わないだろう。これは松山の門人だと踏んで、彼が名乗る前に自分の家に上がるように言った。あまり長屋の住人たちには聞かれたくない。

「とうきびを、そちらのおかみさんにいただきました。二人で食べなさいと」

「いつも悪《わり》ぃね。お景さん、ありがとうよ」

そう言って、急いで戸を閉める。

「ここまで来たのはまずかったでしょうか」

「さあな」

「申し遅れました。私は松山竹里《ちくり》と申します」

「ちくり？」

「はい。竹に里と書いて竹里です。松山翠月が門人、松山南里《なんり》の弟子でございます。名も南里先生が付けてくださいました」

松山南里は、東仙が翠月の顔を描いた例の宴席《えんせき》で、翠月の隣に座っていた藍の縦縞《たてじま》の着物の男だ。飢《う》えた子供に余興をさせるなど性格にやや難はあるが、腕は誰もが認める一流絵師だ。今や松派《しょうは》（松山派の別の呼び名）といえば、翠月の次に南里の名が挙がる。いつも髷が緩いので、初めのうちはだらしないと思っていたが、あとになってあの緩さが粋《いき》なのだと知った。粋や風流に通じた男だ。

竹里からとうきびを一本受け取って座敷に上がると、東仙は壁に寄りかかって座った。部屋の真ん中には、黒猫の絵が朝のまま、奥に向けて広げてある。

「で、南里兄さんの弟子が俺に何の用だ。俺は破門された身だぞ」

「ええ、それは存じています」

竹里は上がり口に行儀よく正座した。視線の先には黒猫の絵がある。失礼、と一言断り、竹里は絵の正面に回り込んだ。そして大きく頷くようにして唾《つば》を飲み込んだ。

「用は、実のところもう済みました」

彼は絵に見入っていた。額にじわりと汗が滲《にじ》んでいる。

「いえ、その、東仙兄さんがどんな絵を描くのか見てみたかったんです」

「その兄さんてのをやめろ。俺はもう松山の門人じゃねぇんだ」

ばりばりととうきびを齧《かじ》り、歯に挟まったかすを取りながら言う。

「ですが」

言いにくそうに口ごもったあと、竹里は上目遣いに言った。

「翠月先生が、酔うと必ず東仙兄さんの話をするのです」

「は」

意外な言葉に、思わず目を見開く。

「兄さんが十一で江戸に出てきて最初に描いたという、翠月先生の絵の話です。私は何度も聞きました。あれは本物の神童だったと、きまって言うのです」

東仙はとうきびのかすを摘まんだ指さえ動かせず、石のようになって竹里を見ていた。

「そのときの絵も、一度だけ見せて頂きました。描いた者の熱が乗り移ったかのような、たしかにとても、おもしろい絵で」

「あの絵を、まだ持ってんのか？」

「捨てるはずがないじゃありませんか！　大先生《おおせんせい》はあの絵を、それはそれは大切にしておいでです！」

東仙はただ驚くばかりで、言葉が出なかった。竹里は顔を真っ赤にし、いきなり大声を出したことを詫びると、小さく咳《せき》払いして続けた。

「だから見たかったのです。大先生が不本意ながらも破門せざるをえなかった方が、今、どんな絵を描いているのか。ですが」

ちらりと黒猫の絵に目をやる。そして頰を紅潮《こうちょう》させ、うれしそうに笑った。

「この竹里、得心いたしました。すばらしい猫です。まるで生きているかのようです」

竹里が猫の絵を何度も褒《ほ》めるので、東仙は聞いていられなかった。というより、翠月が今でも東仙の話をするということが、重く尾を引いていた。無言のままとうきびを齧る。

東仙に破門を言い渡したことが翠月の本意でないことは、薄々感じていた。屋敷から出る際にもらった餞別《せんべつ》の夜具一式がその表れだ。獅子が谷底に我が子を突き落とすように、翠月は東仙を追い出し、自ら夜具を売って絵師の道に戻ってくることを望んでいたのだ。

だが、東仙は谷底に安住の地を見つけてしまった。盗み見るように、ほんの一瞬、自分の部屋の隅に積まれた真綿の夜具に目をやった。

竹里が猫の絵を見つめたまま、喜びと無念さの入り混じるため息をつく。

「大先生の目にくるいはなかったと、私は思うのです」

東仙は立膝をつき、意味もなくとうきびの芯を揺らしていた。

「大先生って、呼んでんのか」

「はい。南里先生のそのまた先生でございますから」

「親父って呼ぶと喜ぶぞ」

「そんな、私はまだとても、そんな風にお呼びするほどには」

「俺は、呼べなかったからよ」

返す言葉を失ったか、竹里は正座した膝に両手を置き、目の前の絵をじっと見つめていた。しばらくして、思い出したように腿《もも》の上に乗せていたとうきびを摑むと、正座したままにじって下がり、小さな声で「いただきます」と言って齧り始めた。東仙は喋《しゃべ》らず、ただばりばりという、とうきびの実を芯から剝《は》がす音だけがしていた。

「ではそろそろ」と、食べ終わった竹里が、口元を拭って立ち上がる。

「ああ、ちょいと訊きてぇんだが」

「はい？」

「翠月先生は元気か？　その、おかみさんも」

「お元気ですよ。お二人ともお達者でございます」

「そうか」

少し躊躇《ためら》ってから、口を開く。

「お嬢さんもか？」

「お嬢さん？　ああ、志乃姐《ねえ》さんですね」

「姐さん？」

姐さん、と呼ぶときは、兄貴分の妻を指す。竹里は屈託なく笑って答えた。

「はい、南里先生と夫婦《みょうと》になって一年になります。私からすればおかみさんなのですが、十九でそう呼ばれるのは嫌だそうで、姐さんとお呼びしてます」

胸の中で、何かが砂になって崩れた気がした。その砂が、血の管を通って全身に回り、澱《おり》のようなものを残していく。血がざわつく。

「そうか」

「はい」

それ以上言葉が出ずに黙り込んでいると、竹里が首を傾げた。

「もう、よろしいのですか？　ほかに訊きたいことはございませんか？」

色の悪い顔を見せたまま帰すのも癪《しゃく》で、東仙は苦し紛れに問いを探す。

「お前その、へんてこな名前の由来は何なんだ？」

　すると竹里は、恥ずかしそうに頭を掻いた。

「実を申しますと、初めは松山妙竹林《みょうちくりん》だったのです。南里先生が、私の眼鏡姿をいたくお気に入りで、笑ってばかりで。それだけはご勘弁をと頼み込みまして、松山竹林に。もう三度頼み込んでやっとこの名に落ち着きました。竹里なら、南里先生の一字も入っていますし」

「竹里も十分おかしいけどな」

「やはりそうでしょうか」

　竹里の話を聞いているうちに平静を取り戻した東仙は、教えてやるような口調で言った。

「ああ、松に竹ときたら、梅もなきゃおかしいさ」

　竹里は一瞬ぽかんとしたあと、明るい声を出して子供のように笑った。東仙もつられて笑い、竹里はずれた眼鏡を両手で直す。

「はは、さすがです。南里先生と同じことをおっしゃる」

　ひとしきり笑ったあと、丁寧に礼を言って竹里は帰っていった。

　壁に寄りかかったまま、どれだけの時が経っただろう。いつのまにか夜になっていた。両国橋《りょうごくばし》の袂で花火を上げているようだ。歓声が聞こえる。それが止んだあと、夜も遅くなって夏の終わりを告げるように虫が鳴いたが、東仙は気づかなかった。何も耳に入らなくなっていた。

欲しがれば、手に入ったのだろうか。

あのとき、三度の食事と夜具と着物と、広い屋敷の隅に住めることとに満足しなければ。絵絹《えぎぬ》と絵具が買えなくなったとき、躊躇わずに夜具を質に入れていれば。

志乃は今頃、自分の隣にいたのだろうか。

とうきびの芯を掴み、部屋の隅に畳んだままの夜具に向かって投げた。力が入らず、とうきびの芯は弧を描いて夜具の上に柔らかく落ちた。それだけだった。

障子越しの月明かりに、東仙の影が伸びている。その影の中からげじが一匹這い出して、床板の継ぎ目に沿って走っていった。この影がげじの集まりで、散り散りになると同時に自分そのものも霧散《むさん》してしまえばいい。そんなことを思い、微かな自嘲に口元を歪める。

何もしなかったくせに、何を今さら。

影と青さの入り混じる暗闇《くらやみ》に、群青の小袖を着た玄鳥の姿を思い出す。

腕のいい絵師になったとして、名のある絵師になったとして、それを玄鳥が認めたとして、その先はどうなる。あの娘は、俺をどう思う。それだけで手に入るのか。惚れてくれるのか。

答えのない問いに意味はなく、東仙は頭を振って問いの闇から抜け出す。だが、頭にはまた別の問いが湧いた。

玄鳥は、あの娘はどうして女郎になんてなりたがるのだろう。苦界《くがい》だ。吉原は苦界だ。だというのに、どうしてあんなに凜として、姉女郎のことを想って骨を折るのだろう。

菊尾のことがそんなにも大切だったのだろうか。菊尾のことを話しているときのうっとりとした目は、ことさら美しく、優しかった。あの目を向けてはくれないか。

東仙を見る呆れたような冷たい目が、記憶の中の志乃と重なった。暗闇で拳《こぶし》を握る。今度こそ手に入るだろうか。欲しがったら、手に入るのだろうか。もうこんな思いはまっぴらだ。夜具に向かってとうきびの芯を投げるような、こんな、惨《みじ》めな思いはまっぴらだ。

私は、ただ生きているというのが嫌なんだ。

俺もだ、時雨。今日初めて、心底そう思った。

障子の向こうで夜が明け始め、家の中はぼんやりと青白く染まる。紙が白く、浮かび上がるようだ。まる山の絵が、こちらを見ていた。竹里がすばらしい猫だと言ったその絵は、東仙の目には昨夜と同じく虎と映った。黒猫の姿を借りた虎が、まっすぐに射抜くように、覚悟を推し量るかのように見据《みす》えている。やはりまだ、この絵は手放せない。描けと責めるようなこの目が、まだ己には必要なのだ。

わかっている、と胸の内で虎に答える。

明け六つの鐘が鳴ると同時に、東仙は家を飛び出していた。

夜明けとともに、斜め向かいの駕籠《かご》かきの嘉助の家の戸を叩いた。働き者のお景はもうかまどに火を起こしていて、一緒に嘉助を叩き起こしてくれた。嘉助の着物はだらしなくはだけ、髷《まげ》は曲がっていた。あくびをしながら手拭いを探し、ねじって頭に巻いたままだと気づくと、それをほどいて顔を拭く。

「なんでぇ東仙、こんな早くから」

丸い鼻の頭が痒《かゆ》いと見えて、念入りに拭いている。

「ちょいと訊きてぇことがあるんだ。できればほかの連中には聞かれたくねぇ」

東仙が真剣な顔でそう言うと、お景が何も言わずに菜っ葉を抱えて出て行った。井戸へ洗いに行ったのだろう。嘉助は訝しげな顔で、着物に手を突っ込んで腹を掻く。

「なんだってんだ仰々《ぎょうぎょう》しい」

「嘉助、吉原の辺りまで客を取りに行ってるだろう」

「それがどうした」

「七月一日の夜、吉原の近くで女を一人乗せなかったか」

行方知れずの菊尾を見つけること。それがすべてにつながる一歩だ。

「夜に吉原って、おめぇ」と、呆れたように嘉助は言う。夜の吉原は女人禁制だ。当然、その辺りで女客を乗せることなどない。

「わかってるよ、そんなこたぁ。それでも女客を乗せたやつがいないか、仲間に訊いてみてくれねぇか。探してるんだ。その女がどこへ行ったのか、知らなきゃならねぇ」

途中からは自分への叱咤《しった》のようになっていた。普段とは様子が違うせいか、嘉助は眉をひそめながらも頷いた。

「一応あたってみるよ」

「七月一日の夜だぞ」

「わかった、わかったって」

菜っ葉を洗い終えたお景が帰ってきたので、東仙は外へ出た。だが自分の家には帰らず、そのまま長屋の木戸を出る。とにかく歩きたかった。体を動かし続けていたかった。そうすればとにもかくにも、何かが進んでいくだろうと思われた。

東仙は日本橋の唐物屋の大店、阿谷屋へと足を向けた。唐物屋とは大陸からの舶来品《はくらい》を扱う店の古くからの呼び名で、今では大陸だけではなく、西洋からの品も広く扱っている。看板に書かれた文字は「異国《いこく》新渡《しんと》奇品《きひん》珍品《ちんぴん》類《るい》」。高価な品が多く、東仙のような庶民には縁のない店だ。オランダの陶器人形や銀皿、彫刻の施された猫脚の椅子《いす》、龍の巻きついた大陸の壺や、奇怪な顔の鯉の置物などが並んでいる。裏側に西洋の少女の姿が描かれた手鏡などは、手の平にすっぽりと収まる大きさで金二分もした。二分といえば一両の半分で、銭で勘定しておよそ三千文。東仙ならば二月は楽に暮らせる額面だ。

およそ似つかわしくない者が店先にぼうっと突っ立っていたからだろう、阿谷屋の阿字が白く抜かれた茶の印半纏《しるしばんてん》を羽織った奉公人が、すぐ横まで駆けてきた。背が低く、あどけなさの残る顔や体つきを見るに、まだ十二、三といったところか。太い眉を怪訝《けげん》そうに寄せ、こちらを探っている。手には門番のように、箒《ほうき》を立てて持っていた。

「何か用か?」

そう問えば、

「それはこちらの台詞《せりふ》ですよ、旦那」

と即座に返す。奉公人は吾平《ごへい》と名乗った。年の割にはしっかりとした口を利く。

「お探しの物がありましたら、見繕《みつくろ》いますが」

いや、と首を振り、東仙は身を屈めて耳打ちした。

「それより、若旦那はどうしてる?」

店先では吾平と同じ印半纏を着た者たちがせかせかと働いているが、京太郎らしき者の姿は見えない。あれこれと指示を出しているのは、髪に白いものの交じった痩《や》せた男だ。吾平は怪訝な顔で東仙を見返す。東仙の身なりが貧しいものだから、余計に怪しんでいるのだ。

「若旦那《わかだん》さんのお知り合いですかい？」

「ちっとな、遊里の方の付き合いさ」

そう言うと、東仙は懐から銀の煙管の吸口をちらりと見せた。来る途中で棒手振《ぼてふ》りの煙管屋から買ったもので、本物の銀ではない上に、吸口の部分だけしかない。吾平は吸口を見るなりはっとした顔をしたが、すぐに東仙の安物の着物やぼさぼさの髪に目をやった。

「旦那、どちらの若旦那で？　お店《たな》は日本橋ですかい？」

「なんだ、疑ってんのか？」

「いえ、そうじゃあございませんが」と口ごもりつつ、じろじろと尚も東仙の身なりを値踏みする。東仙はもっともらしくため息をつくと、

「なに、この見てくれだ。仕方ねぇ。京に会ったら言っとくぜ。おめぇのとこへ行ったが、小僧が取り合ってくれなかったってな」

途端に吾平は顔色を変え、背筋を伸ばして腰を折った。

「これはとんだ失礼を。よりにもよって銀煙管のお方に」

「いいってことよ」と、余裕のある素振りで吾平の頭をぽんと撫《な》でる。うまくいったようだ。

「で、若旦那はどうしてんだ」

吾平はぱっと顔を上げると、躊躇《ちゅうちょ》することなく答えた。

「どうしているかと聞かれましても、いつも通りでございますよ。日が暮れればどこぞかへお出かけになるので、旦那様もおかみさんも頭を痛めておいでです。近頃はとくに寝坊をされるようになりましたし」

「寝坊？」

「へえ。今もまだ寝ておいでです。番頭の政吉《まさきち》さんが起こしに行くのが決まりになっちまいました」

呆れたように吾平は眉を下げ、

「ほら旦那、あれをごらんなさい」

と、店の座敷を指す。すると奉公人たちに指示を出していた白髪交じりの男が、茶箪笥《ちゃだんす》から何かを持ち出し、暖簾《のれん》をくぐって奥へと入っていった。

「あれが政吉か？」

「へえ。酔い覚ましの薬を持っていったのです。若旦那さんはまた深酒したのでしょう。

旦那は、昨晩はご一緒じゃなかったので？」

「あ？　ああ」

適当な相槌《あいづち》でごまかし、東仙は政吉の消えた暖簾の先を眺めていた。吾平はほかの奉公人の目を気にしてか、わざとらしく店の前を掃き始めた。掃く音に紛れて、深いため息をつく。

「旦那もお店の若旦那でございましょう。うちの若旦那さんをどう見てらっしゃいますか」

「どうって」

会ったこともないので何とも言えず、東仙はごまかすように苦笑いを浮かべて頬を掻いた。その苦笑を、吾平は自分と同じ思いだと受け取ったらしい。

「私のような奉公人が申すのも如何《いかが》なものかとは思いますが、その、困ったお方です。一体、いつまであんな暮らしを続けるのでしょうか」

「さあ、俺に訊かれてもね」

「縁談もまとまったといいますのに」

「縁談？」

「おや、ご存じないですか」

吾平は一瞬慌てたが、銀煙管の仲間ならばいずれは知れることと、開き直って話を続けた。

「天満屋《てんまや》のお嬢さんとの縁談が決まったのです」

天満屋といえば、同じく日本橋に店を構える呉服問屋の大店だ。

「そりゃめでたい。旦那も喜んだろう」

「ええ、これで阿谷屋はますます安泰だと、旦那様もおかみさんもご満悦《まんえつ》です。若旦那さんもお喜びでした。何よりあちらのお嬢さまはご器量がよろしいですから、それはそれは」

「なるほど」

阿谷屋としても京太郎としても、願ってもない縁談だろう。だが、ならばなぜ菊尾と駆け落ちの約束などしたのだろう。客が通わなくなれば、遊女とは自然に手が切れる。いくら悔しくとも悲しくとも、吉原から出られない遊女にはどうにもならないことだ。

だというのに、京太郎は菊尾と駆け落ちの約束をした。約束の日に菊尾は姿を消したが、京太郎は変わらず阿谷屋にいて、毎晩のように出かけていくという。はぐらかされようとも、やはり本人に問い質《ただ》すしかないだろうか。

「なあ、京には会えねぇか？」

吾平は店の奥に目をやった。番頭の政吉が、暖簾の向こうで女中に何やら言いつけているのがちらりと見える。渋茶の着物の裾が、また奥へと急いで戻っていく。

「政吉さんがまた行ってしまいました。女中に味噌《みそ》汁でも用意させるのでしょう。心苦しゅうございますが、今日のところは諦めなさいませ」

「そうか、残念だ」

「今夜もきっと盛り場へ参りますでしょうから、そこでお会いになるとよろしいですよ。祝言前に羽目を外したいのでしょう。このところ出かけなかった日はございませんから」

呆れたように吾平は笑った。困ってはいるものの、本心から京太郎を嫌ってはいないようだった。大抵、恵まれて育った子というのは柔らかな愛嬌《あいきょう》がある。その日の糧を得るための苦労などしたことがないため、心に余裕があるのだ。他人を妬むこともない。時雨がそうだ。京太郎にも、そういうところがあるのかもしれない。

嘉助が駕籠かき仲間からの報せを持ってきたのは、翌日のことだった。東仙はすぐさま時雨堂へと向かった。

「七月一日の夜、嘉助の仲間が小塚原《こづかっぱら》から女を一人乗せたとよ」

小塚原。その地名の不穏さに、時雨は仕上げにかかっていた煙吐き人形から顔を上げ、眉根を寄せた。あとは胴体の蓋《ふた》を閉めるだけで、人形の本体は完成する。お雪が奥で人形に着せる着物を縫《ぬ》っているそうで、店先にいるのは東仙と時雨だけだった。

「小塚原？　刑場か？」

「ああ」

浅草寺の北に位置する小塚原刑場は、吉原からも遠くない。そこは罪人の首が晒《さら》される、夜に女が一人でいるにはそぐわない場所だ。

「菊尾か？」と、時雨が体ごとこちらを向いて訊く。机の上には髪を立兵庫に結い上げた人形の首が、こちらを向いて置かれている。顔は玄鳥によく似ている。平らな紙に絵を描くならば東仙の方が上手いが、丸い人形の顔となると時雨に軍配が上がる。相変わらずいい腕だと、東仙は頭の隅で思う。これほど美しい人形の顔は見たことがない。

「手拭いを被ってたんで、顔は見えなかったらしい。着物の色もはっきりとはわからなかったそうだ。なにせ、烏《からす》どもに食われてぼろぼろになった首を、じっと見下ろしてたそうでな。おっかねぇから通り過ぎようとしたところを、もし、と声をかけられたんだと。あんまり場にそぐわねぇあだな声で、震え上がったそうだ」

「で、乗せたと」

「客は客だからな」と、東仙は駕籠かきたちに哀《あわ》れみを込めて言う。

「女が降りたのは吾妻橋《あづまばし》を渡って川向こうの本所、武家屋敷の前だが、そこはお取り潰しにあって今は誰も住んじゃいない荒れ放題の屋敷だ。駕籠かきたちが隠れて見ていると、しばらく辺りを見回したあと、屋敷の中に入っていったそうだ」

時雨は思案顔でしばし顎《あご》に手を当てていた。東仙が来ていることに気づかないのか、お雪は姿を現さないが、それはそれで都合がよかった。二人は事のあらましをお雪に伝えていなかった。あまり物騒なことにお雪を巻き込みたくないと、時雨が言い出したのだ。

座敷の奥へと目をやり、東仙はふと気づく。

「時雨、そういや、まる山はどこだ？」

顎に手を当てたまま、時雨が答える。

「嵐の晩から帰ってこないんだ。お雪が寂しがってるよ」

それからまた黙り込む。嵐の翌日、東仙が目覚めたときにはすでにまる山の姿はなかった。まる山はどこへ行ってしまったのだろう。無言の間を埋めるかのように、西洋の振り子時計がぼんぼんと鳴る。鼓《つつみ》とも太鼓《たいこ》とも違う、おかしな音だ。

「東仙、菊尾だと思うか」

「十中八九」

東仙はあぐらを掻いた膝に頬杖をつき、頭をがしがしと掻いた。

「京太郎とその武家屋敷で落ち合って駆け落ち、ってのが一番《いっち》しっくりくるな。あの辺りは北割下水《きたわりげすい》に近い。静かに小舟を出せば気づかれにくいだろう。内海まで出られる。駆け落ち者の行くところといやぁ、八王子《はちおうじ》か銚子《ちょうし》と決まってる」

「なるほど、銚子か。だが京太郎は阿谷屋にいた、と」

「ああ、落ち合い場所に行かなかったか」

「行ったものの菊尾との間に何かがあって、京太郎は阿谷屋へ帰ったか」

時雨と目を合わせ、東仙はゆっくりと頷く。どちらも可能性としてはあるが、意味合いはまるで違う。京太郎が来なかった場合、菊尾には行くところがない。真夜中の朽《く》ちた屋敷で、一人絶望したことだろう。それだけで済めばまだいいかもしれない。

落ち合った京太郎に、縁談のことを告げられて捨てられたとしたら。絶望に悲しみと憎しみとが重なれば、自ら命を絶《た》つということも有りうる。

「生きててくれればいいんだがな」

吉原の追手から逃れたどこか遠い場所の、寺へでも逃げ込んでいてくれれば、玄鳥へ良い報せができるのだが。膝をぱしっと叩き、東仙は立ち上がる。

「その武家屋敷ってのを見に行ってくる」

「私も行こう」

そう言った時雨を手で制し、東仙は机の上に置かれた人形の首を指差した。

「玄鳥、よく似てるじゃねぇか。早く体に繋《つな》げてやれよ。小塚原の話をしたあとじゃあ、なんだか気味《きび》が悪い。あっちは俺一人で十分さ」

時雨は人形の首と東仙とを交互に見ていたが、やがて頷いた。

「そうだな。玄鳥がかわいそうだ」

時雨堂をあとにし、東仙は隅田川の対岸を目指した。吾妻橋は遠いので、馬喰町《ばくろちょう》から下流の両国橋を渡り、北へ歩いて本所の件《くだん》の屋敷に辿り着いた。下級武士の屋敷だったらしく、武家屋敷としてはそれほど大きくはないが、それでも道に沿った塀の長さは東仙の暮らす長屋全体と同じくらいだ。長い間放っておかれたのだろう、屋根瓦《がわら》は割れて落ち、塀の漆喰《しっくい》にはひびが入っている。風雨で色褪《あ》せた門はきちんと閉まらず、隙間からすすきやねこじゃらしがはみ出していた。

辺りに人がいないことをたしかめ、東仙はそっと門を押した。屋敷の中は外よりもさらにひどい荒れようだった。庭はどこもかしこも草だらけ、障子や襖は無惨《むざん》に破れ、壁が朽ちて崩れているため、庭から屋敷の奥まで見渡せる。おそらくは高価なものであったのだろう、唐獅子の衝立《ついたて》は、床から斜めに伸びた青竹に突き破られていた。

「誰か、いねぇかい」

大きい声を出したつもりだったが、実際は普段より小さな声になった。それでも空の屋敷にはよく響く。塀の外の町とはなにか別の決まりごとが働いているかのような、おかしな響き方だ。見た限り、人の住めるところでもない。ここには誰もいないようだと思いながら、東仙は屋敷に沿って歩き、母屋の裏へ回り込んだ。

厨《くりや》の棟の傍に、大きなあじさいに隠れるようにして井戸があった。人が住まなくなってから、あじさいも伸び放題なのだろう。東仙の身の丈ほどにまで伸び、濃い緑の葉に囲まれて、花だけが黒く枯れていた。東仙は足を止める。

東仙は枯れたあじさいが嫌いだった。小さな花が集まって枯れた様が、人の髑髏《どくろ》のように見える。手足は瑞々《みずみず》しく生きているように見せながら、その実、頭はとうに死んでいる。それがまるで、自分のように思えたのだ。

だが今日は不思議と、以前ほど嫌ではなくなっていた。目指す道が定まったからだろうか。それくらいのことで、嫌いだったものを嫌いでなくなることがあるのだろうか。

いつの間にか、あじさいだけを見ていた。ふと気がつくと、あじさいと井戸との境目に、女が一人立っていた。肌が白く、赤みがかった鴇唐茶《ときがらちゃ》の小袖を着ているが、着物も髪もひどく乱れていた。顔は狐《きつね》の面のように目が恐ろしく吊り上がっているのに、東仙は直感的に美しい女だと思った。と同時に、背筋に悪寒が走った。悪寒を嚙み殺して短く尋ねる。

「菊尾か」

鈴木春信の絵にある、ふくよかで優しい目をした女とはまるで違う。だが、東仙には目の前の女が菊尾であるとしか思えなかった。女は右手をゆっくりと胸の前まで上げ、手招きをした。白い指先がしなやかに呼んでいる。東仙は頭の中が痺《しび》れたようになって、誘われるままに一歩踏み出した。その瞬間、辺りは闇に包まれた。

真っ暗だ。東仙は暗闇の中に一人いた。上も下もわからない。足を進めようとすると、硬い何かにぶつかった。壁のようだ。突如《とつじょ》、上から光が差した。見上げると、丸く切り取られた小さな夜空に、満月が煌々《こうこう》と輝いていた。その豊かな光が周囲を照らし出し、東仙は息を呑む。井戸の底だ。立っているのは涸れた井戸の底だった。

途端にひどい痛みと絶望感に襲われた。足が痛い、腕が痛い。背中も頭も痛い。どうやら井戸に落ちたらしい。だがさっきまでは昼だった。昼に井戸の外で、美しい女に手招きをされた。それだけだったはずだ。右の腿から爪先まで血が流れている。骨が折れているようだ。顔からも腕からも血が出ている。むせかえるほどの血の匂いが、井戸の中の湿った土の匂いと混ざる。不意に、顔に影がかかった。見上げると、誰かが井戸の縁《ふち》に手をかけてこちらを覗き込んでいた。逆光で顔は見えないが、髷で男だとわかる。東仙は腕を伸ばした。

「助けてくれ！」

そう叫んだつもりだった。だが、口から出たのは聞き覚えのない女の声だった。

「助けておくれよぉ」

ぎょっとした。自分の体を見下ろすと、腕も足も胸も着物も、女のそれになっていた。着物は鴇唐茶の小袖だ。なんなんだ、と口を開けばまた女の声が出る。

「主《ぬし》ゃあ、わっちと一緒に逃げると、そうおっせぇしたじゃあござんせんか。助けておくんなんし、ね、京《きょう》さん」

涙混じりの必死の言葉に、井戸の縁の男は焦ったように辺りを見回した。帯に挟んだ赤い煙草入れの、銀の鎖が月明かりに光る。

「京さん」

自分の腕だと思っていた女の腕が、井戸の壁に伸ばされる。摑もうとしても摑むところもない。むりやりに石壁のわずかな隙間に爪を立て、その爪が欠ける痛みが走る。

「京さんっ」

壁に反響し、獣の咆哮《ほうこう》のようになった声が井戸を昇ると、男が後ずさりして消えた。女は何度も男を呼んだ。次に姿を現したとき、男が抱えていたのは人の頭よりも大きな石だった。

東仙の全身から冷たい汗が噴き出した。だがその汗がどこから出ているのかわからなかった。体はもはや完全に女のものだ。

「京さん、やめておくんなんし！　わっちが何をしんした？　京さんが、主が、どっか遠くで夫婦《みようと》になろうとおっせぇしたから、わっちはすべて捨ててきぃしたのに！　わっちは、わっちは！　京さん！」

男は躊躇いながらも、石を井戸の真上に差し出す格好になった。影が光を遮《さえぎ》る。

やめろ！　やめてくれ！

声は女の喉を通って泣き声になった。井戸の壁を、細い腕で叩いて泣き叫ぶ。叫びは井戸の中に反響し、おぞましい声になっていた。その泣き声の一つ一つに身の毛がよだつ。

憎しみが今、女の中で膨らんでいく。

井戸の底からでもわかるほど、男の腕は震えていた。石の重みだけが理由ではないだろう。それでも覚悟を決めたように、男はとうとう手を放した。月が見えなくなった。落ちてくる。月が恐ろしい石に変わって落ちてくる。

畜生《ちくしよう》！

そのとき女の叫びにまじって聞こえたのは、鋭い獣の鳴き声だった。

弾《はじ》けるように闇が霧散した。我に返ると、東仙は汗だくであじさいの前に立ち尽くしていた。日の光が暖かい。頭から水を被ったように、体は冷たくなっていた。唇がわなわなと震え、膝に力が入らず、進むこともしゃがむこともできない。獣の唸り声はまだ続いていた。ぎこちなく首を動かすと、厨の屋根の上で、毛を逆立てた黒猫が井戸に向かって懸命に鳴いていた。首には、お雪の結んだ鈴が付いている。

「まる山」

歯を鳴らしながら呟《つぶや》いた声が聞こえたか、まる山の逆立った毛がゆっくりとおさまっていく。井戸の底で聞いた獣の声は、まる山だったのだ。その声が東仙を連れ戻した。

もう大丈夫だと、ふらつく体で手を挙げると、まる山は落ちるように屋根から降り、東仙の傍《かたわ》らに立った。いつもはふてぶてしい顔が、今日は険しく見える。東仙は帯に挟んだ手拭いで、顔から首、胸や腕の汗を拭う。少しずつ血が通い、体に熱が戻ってくる。時間をかけて体が動くようになるのを待ってから、東仙は井戸の蓋をずらして覗き込んだ。井戸の上に顔を突き出すと、ひどい腐臭がした。底は暗くて見えないが、たしかにそこにいる。

「菊尾、だな」

返事があるはずもない。見つけたことへの喜びはなく、ただ哀れだった。

「遅くなって悪かったな」

誰かに自分の居場所を知らせたくて、菊尾はずっとここで待っていたのだ。己の身に起きたことすべてを伝えた今、もう骸《むくろ》にはなんの力も残っていないのかもしれない。

「もう少し待っててくれ。すまねぇな」

今すぐ引き上げることはできない。それが何より申し訳なかった。なかなかその場を離れる気になれずにいると、足元でまる山が一つ鳴いた。帰ろう、と言っているようだった。

東仙が菊尾に井戸の底の記憶を見せられている頃、お雪は吉原にいた。煙吐き人形の衣装を縫い上げると昼過ぎに暇をもらい、猪牙舟《ちょきぶね》に乗って隅田川上流の吉原へ向かう間中、お雪はずっと不機嫌だった。ねじり鉢巻きをした船頭は不思議そうに見ていたが、特に尋ねることもなく艪《ろ》を操っていた。触らぬ神に祟りなし。頭に浮かんだのはそんな言葉かもしれない。

吉原遊廓は、男ならば昼も夜も出入り自由だが、女はそうはいかない。夜は女人禁制、昼間ならば大門《おおもん》脇の番所で「女壱人《ひとり》」と書いた切手をもらえば入ることができるが、その切手を返さなければ、外に出ることはできない。女の出入りに厳しいのは商売上当然のことだ。

お雪もまた、女壱人と書かれた切手をもらって中に入った。切手は手の平ほどの大きさの木札で、お雪はそれを帯に挟んでおいた。目指す先は七尾屋である。時刻はちょうど昼見世の真っ只中で、朱塗りの張見世格子の中には、着飾った遊女たちが並び、その後ろでは数人の芸者が三味線を弾いていた。昼から遊ぶ客は少なく、格子にへばりついている男たちが冷やかしだとわかっているので、遊女たちの表情もどことなく冷めている。

店の男衆へ声をかけ、お雪は玄鳥《つばめ》を呼んでもらった。そのとき時雨堂の使いだと名乗ったからだろう、玄鳥はあっという間に飛び出してくると、

「こんなところじゃ困るじゃないかえ」

と、お雪の手を引っ張って二階の自分の座敷へと連れて行った。片手には三味線の首を持ってぶら下げている。お雪は自分の手首を摑んでいる白く細い指と桜色の爪とを、苦々しい思いで見つめていた。

座敷に入ると襖を閉め、念のために屏風《びょうぶ》を襖の前へ立て、格子窓の障子まで閉めると、玄鳥はお雪と膝を突き合わせて座った。息が荒く、胸元を押さえる手は震えていて、お雪には彼女がどうしてこんなに必死な顔をしているのかわからなかった。

「わかったのかえ」

ずいと玄鳥が身を乗り出してくる。

「ねぇ、菊尾姉さんはどこにいなんすか？　わかったんだえ？」

「菊尾、姉さん？」

玄鳥の気迫に驚いていると、彼女は目を丸くして、それから頭をぐらりと揺らして息を吐いた。

「おまい、時雨さんの使いで来たんじゃないのかえ」

「あたしはたしかに時雨堂の奉公人ですけど、使いというのは嘘です」

ぎろりと睨んでくる玄鳥を、お雪も負けじと睨み返す。

「菊尾がどうとか、そういえば東仙さんと話してました。けど、あたしには何のことだか」

台の高い時計たちの裏で、人形の衣装を縫いながら聞いていた。小塚原から駕籠かきが女客を乗せたらしい。それが菊尾ではないかと二人は話していた。そして今の玄鳥の反応で、菊尾というのはどうやら玄鳥の姉女郎のことで、玄鳥は彼女を探しているのだということまでは理解した。吉原を出られない玄鳥の代わりに、時雨と東仙が菊尾探しを引き受けたのだろう。

「ならば何のために来なんした！」

玄鳥は体を斜めに倒し、後ろに手をついて、もう一方の手でうなじに爪を立てた。その仕草が色っぽくて、お雪はなんだかまっすぐに見られなかった。

「それは」

そのあとに続く言葉が出ない。時雨と菊尾の話をしたあとで、東仙がこう言った。

玄鳥、よく似てるじゃねぇか。

ああ、煙吐き人形の首は玄鳥という遊女なのだ。そうとわかって、無性に腹が立った。

人形の顔は美しくて、時雨からこれで衣装を縫ってくれと渡された、群青の端切れによく映えた。端切れは友禅の牡丹《ぼたん》の柄で、青と赤の目の覚めるような華やかさにも関わらず、人形の顔の方が勝っていた。形が崩れないよう紙の芯を入れて縫い、煙管を持つ細い腕をよく見せるため、右の袖は少したくし上げて縫い止めた。歯で糸をぷつりと切る。

玄鳥とはどんな顔をしているのか、見てやろうと思った。本当にあの人形のように美しいのか、この目でたしかめてやろうと。

「ええもう、ほんに腹が立つよう。わっちは見世の最中だえ。それをまあ、時雨さんの名まで出して、おまい何しに来なんしたか！」

煮え切らないお雪に、玄鳥は苛立ちをつのらせる。一層強く睨まれ、お雪は居竦《いすく》まる。いけなかったのは、時雨堂の名を出したことだった。

「すみません」と、小さな声で謝った。してはいけないことをしてしまったのだ。子供じみた嫉妬で猪牙舟に乗った自分が恥ずかしい。玄鳥は小さくため息を吐く。

「だから、何しに来たか言いなんし。わざわざ吉原《なか》まで来なんしたからには、わけがありんしょう」

「それは、その」

頰が熱くなるのがわかる。きっと真っ赤だ。玄鳥という遊女に会ったら、もう時雨に近づかないよう啖呵《たんか》の一つも切ってやろうと思っていたのに。

「新しいからくり人形の首が、玄鳥さんの首で、それで、玄鳥さんがどんな顔なのか、見てやろうって、思って。その、人形の、顔が、きれいで」

おずおずと理由を並べると、玄鳥は次第にぽかんとし、最後まで聞くと畳を叩いて笑い転げた。

「なんだえ、おまい、そねぇなことでここまで来んしたのかえ？　可愛《かあい》いのぅ。ああそうかえ、時雨さんに惚れていなんすね。可愛いねぇ」

「やめてください！」

お雪は、首から上が燃えるか溶けるかしてしまうのではないかというほど熱くなっていた。

「だって、可愛いものは可愛いもの。吉原の怖さも知らねぇで、こう、やきもち一つで来んすもの」

玄鳥は肘掛を取って前に置き、頬杖をつくと、お雪の傍らを指した。

「ほら、そねぇなとこにそねぇなものを、ぽんと置いていなんす」

それは、正座した足の横に置いておいた女壱人の切手だ。

「おまいはそれがないと吉原《ここ》から出られないのだえ。たとえばおまいを縛って閉じ込めて、誰かがおまいの小袖を着て、髪をおんなじに結えば、その切手で一人がここから出られんす。そねぇなこと、考えもせんのだろう？　かあいい、かあいい。遊女たちはおまいのその切手を、喉から手が出るほど欲しがっていなんすよ」

　まるで遠くを見ているかのように目を細める。

「早くお帰りなんし」

「え」

　玄鳥は表情をやわらげ、優しく言った。

「ここには、おまいが恨みをぶつける相手はおりんせんよ。時雨さんは毎度、人形の顔の手本を探しに来るだけさ。贔屓《ひいき》の女郎もいなけりゃ、嵐の晩のほかは泊まったことだってありゃしぃせん。さ、お帰りなんし。そして二度と、吉原の門をくぐろうなんぞと思いなんすな。ここはおまいのような、かあいい娘が来るところじゃあござんせん」

　まるで妹に言い聞かせるような言い方だった。しゃらりと衣擦《きぬず》れの音を立てて立ち上がると、玄鳥は襖の前に立てた屏風をどかす。お雪は慌てた。このまま帰ったのでは、ただ玄鳥をがっかりさせるために来たのと同じだ。

「待ってください」

　玄鳥が襖にかけた手を止めて振り返る。

「あの、あたしにも話を聞かせてくださいい。菊尾さんのこと。大事な人なんでしょう？　あたしも手伝います。菊尾さんを探します。だから」

紅い唇でくすりと笑い、玄鳥はお雪の傍らにしゃがんだ。間近で見る玄鳥の顔は、ため息が出るほど美しかった。

「ほんに、可愛い子だの。わっちに悪いことをしたと、そう思っていなんすね？」

お雪は俯いて頷く。

「時雨さんは、おまいの身を案じて話していないのじゃないかえ」

「そうだと思います。でも」

「おまいを子どもだと思っていなんすね。それが口惜しいかえ」

顔を上げ、お雪はしっかりと頷いた。

「そうかえ、ならば時雨さんの助けになってあげなんし」

そう言うと、玄鳥は菊尾がいなくなるまでのことをきちんと順序立てて説明した。お雪はあとになって知るのだが、それは時雨と東仙に話したのとまったく同じ内容で、玄鳥がお雪を子供扱いしなかったのだとわかりうれしく思った。

「あの絵師のセンセは、相変わらずお暇なのかえ」

菊尾のことを話し終え、思い出したように玄鳥は尋ねた。

「菊尾さん探しに毎日飛び回ってるみたいです。近頃は団扇売りにも行ってないようですし」

「こっちから頼んでおいて言うのも悪いようざんすが、そんなことでいいのかねぇ。見るからにうだつが上がらなそうじゃないかえ」

「東仙さんなら心配ありません」

お雪があまりにきっぱりと言ったので玄鳥は意外そうに首を傾げた。

「たまにですけど、とてもいい絵を描くんです。だからきっと、心配ありません」

「そうかえ。おまいがそう言うなら、きっとそうなんだろうさ」

そう言って、玄鳥は牡丹の咲くように笑った。


まる山を抱えて時雨堂に戻った東仙が、いざ話を始めようとしたとき、お雪が暖簾をくぐって入ってきた。東仙は思わず口を噤《つぐ》み、話していいものかと時雨に視線を送るが、時雨は渋い顔で肯定も否定もしなかった。お雪は座敷へ上がってすたすたと二人の傍まで来ると、きちんと正座して口を開いた。

「東仙さん、菊尾さんは見つかりましたか」

ぎょっとして、東仙は目を瞠《みは》る。

「は、なんでお前」

「玄鳥姉さんに聞いてきぃした。わっちも手伝いんす」

ぽかんとする男二人を前に、お雪は得意げに笑って言った。東仙と時雨は顔を見合わせ、それぞれに呆れたり、しかめっ面をしたりしてたしなめる。

「なぁにが姉さんだ。その言葉遣いもやめとけ」

「お雪、あそこは娘が行くところではないぞ」

男二人の叱責もどこ吹く風といった顔で、

「わっちは姉さんのためにしていんす」

どこかうっとりと言うその顔は、玄鳥が菊尾のことを話すときの顔に似ていた。遊女が魅了するのは、男だけではないらしい。

「それで、菊尾姉さんは見つかったんどすか？」

「ほら見ろ間違えてやがる。慣れねぇ言葉なんざつかうから」

頬を赤らめて咳払いをするお雪に急《せ》かされて、東仙は先ほど本所の武家屋敷跡で、自分の身に起きたことを話した。初めは一つ一つに驚き、ところどころ聞き返しながら聞いていた二人だったが、徐々に口数が減り、表情も沈んでいった。まる山のおかげで正気に戻った東仙が井戸の底に菊尾を見つけたことを告げると、お雪は両手で顔を覆い、声を詰まらせた。

「玄鳥姉さんに、なんて言ったら」

時雨も厳しい顔で腕を組むが、結末をまったく想像していなかったわけでもないようで、お雪に比べればずいぶんと冷静だった。

「本当のことを言うしかないよ。玄鳥は、菊尾がどこにいるのか見つけてほしいと言ったんだ」

「そうですけど、旦那様。玄鳥姉さんは、生きてる菊尾姉さんを探してるんですよ」

とうとうしゃくり上げて泣き出す。玄鳥にとって菊尾が大切な人であることは、東仙も知っている。気が重くなるのは致し方ない。机の上には、今日完成したばかりの煙吐き人形がある。群青の着物に朱の帯を締め、白い手には金の煙管を持って、かんざしの重たそうな頭を傾けている。紅の塗られた目尻が、今は悲しげに見えた。

「まる山に助けられたよ。最期まで井戸の中から見てたらと思うと、ぞっとする」

「そうか、まる山殿がな」

時雨に顎を撫でられ、まる山は気持ちよさそうに喉を鳴らした。

菊尾はいつ頃息絶えたのだろう。せめて即死ならばと思うが、とっさに頭を庇《かば》っていれば、虫の息で井戸の底に横たわっていたかもしれない。意識があればつらかっただろう。

心臓が止まるまで、ずっと京太郎を恨み続けていたのだろうか。

「ひでぇ話だ」

「ひどい話が、もう一つある」

きれいな顔を険しく歪めて時雨が言う。

「下手人《げしゅにん》が京太郎だったとして」

「菊尾が見せてくれたんだ。疑う道理がねぇ。下手人は京太郎だ」

思わずかっとして口を挟む。

「ああ、わかってる。落ち着け東仙。京太郎だとすると、下手人は挙げられない恐れがある」

「どういうことだ」

「阿谷屋の縁者に、町方《まちかた》の与力《よりき》がいる」

唸り声を一つ上げ、東仙は唇を嚙んだ。町方与力は町奉行所の中でも町奉行に近く、多くの同心を束ね、江戸の庶民を取り締まる立場にある。だが、身内に対し甘くならない方が難しいというものだろう。身内から罪人が出れば、与力自身の立場も悪くなるのだ。

京太郎の身も、天満屋との縁談も、阿谷屋には守ることができるのだ。一人の遊女が失《しっ》踪《そう》し、朽ち果てた屋敷の井戸の底で死んでいたことなど、他人事《ひとごと》のように片付けてしまうことができるのだ。そんな、とお雪の口からため息が漏れた。まる山を膝に抱き上げ、その温かい体に涙で冷えた頬をうずめると、慰《なぐさ》めるように、まる山が顔を舐《な》めた。

「菊尾が何したってんだ」

「わかっている限りでは何も」

「ただ信じただけじゃねぇか」

言いながら東仙は立ち上がる。

「東仙？」

「ちょっと行ってくらぁ」

「どこへ」

「京太郎はこのところ毎晩遊び歩いてるそうだ。どこをほっつき歩いてんのか、あとを尾《つ》けてみる」

じきに日が沈む。ちょうどいい頃合いだ。京太郎が毎晩どこで誰と遊んでいるのか、菊尾のことをどう思っていたのか。殺しの証拠は摑めなくとも、それがわかれば、場合によっては一発や二発は殴るつもりでいた。東仙の不穏な心持ちに気づいてか、時雨も立ち上がる。

「それなら私も行こう」

「あたしも」

お雪がかれた喉からしゃがれ声を出す。

「あたしも行きます」

「いや、お雪は帰りなさい。おふくろ殿が心配なさる」

「旦那様」

「時雨の言う通りだ。京太郎は盛り場へ出かけるんだ。お前を連れて行っても邪魔になるだけだ。おとなしく帰んな」

不満を顔に表しつつ、お雪はしぶしぶまる山を抱いて帰っていった。東仙たちも暖簾をしまい、阿谷屋へと向かう。

日の暮れるのも早くなり、阿谷屋に着いた頃には提灯《ちょうちん》がなければ足元もおぼつかないほど暗かった。好都合とばかりに、二人は阿谷屋の脇の路地に身を隠す。もちろん提灯など提《さ》げておらず、煤竹《すすたけ》色の着物の東仙は暗闇にすっかり埋もれている。しばらくすると、提灯を持った若い男が、辺りを窺《うかが》いながら出てきた。藍か黒か、縦縞の着物に羽織を着て、やや前屈みに歩く。二人の潜《ひそ》む路地の前を通ったとき、一瞬だが、提灯の明かりに照らされ、帯に挟んだ赤い煙草入れが見えた。銀の鎖がきらりと光る。唐物だろう、艶のある赤は、絹糸の龍の刺繍《ししゅう》だった。時雨にささやく。

「あの煙草入れ、見たぜ。井戸の底で」

こくりと小さく時雨が頷き、二人は路地を出て京太郎を追う。日本橋から八丁堀《はっちょうぼり》、永代橋《えいたいばし》を渡って隅田川の対岸深川《ふかがわ》へ出たが、両側に並ぶ茶屋の呼び込みにも頭を動かすことすらせず、京太郎は足を速めた。一心不乱に歩みを進めるその背中に、東仙はぞくりとした。京太郎は吸い寄せられるように歩いていく。

深川不動《ふどう》の辺りから、今度は北を目指して人気《ひとけ》のない道を行く。辺りに人がいなくなって初めて、東仙は京太郎が何かを呟いていることに気づいた。何か同じ言葉を繰り返している風だったが、その言葉が何なのかまでは聞き取れない。せめて風向きが変わればいいのだが。一刻も歩き続けたあと、辿り着いたのは菊尾が眠る本所の武家屋敷跡だった。

京太郎は提灯を置くと、門の前に膝をついた。懐から数珠《じゅず》を出し、手に絡めて呟くように唱える。

「南無阿弥陀仏《なむあみだぶつ》、南無阿弥陀仏。許してくれ、許してくれぇ」

先ほどから聞こえていた声はこれだった。

「許してくれ、菊尾。すまなかった、すまなかった。どうかもう許してくれぇ、許してくれぇ」

じゃらじゃらと数珠を鳴らして手を合わせ、頭を下げ続ける。

「南無阿弥陀仏、南無阿弥陀仏」

　東仙と時雨は息を潜め、崩れた塀の端からその様子を見ていた。すると、三人の来た道を息も荒く駆けてくる者がいる。番頭の政吉だ。政吉は京太郎に駆け寄ると、黙らせようと念仏を遮った。

「若、またこんな、帰りましょう。誰に聞かれるかわかりません」

「いいんだ、誰に聞かれても構わん」

　京太郎は激しく首を振り、頑《がん》としてそこを動かない。

「菊尾が許してくれんのだ。私を恨んでいる、憎んでいる。当たり前だ。私が手にかけた」

「若っ」

　厳しい声で諌《いさ》め、政吉は辺りに人がいないかと慌てて見回す。京太郎の方へ伸ばした手は、口を塞ごうとしているかのようだった。

「帰りましょう。それか深川の茶屋へ寄りましょう。お酒をたんと召し上がれば、また眠れますよ。お屋敷にも酒を用意してあります。吾平にいい酒を買いに行かせました」

　すべて無駄だと言うように、京太郎は政吉の手を振り払った。

「寝ても菊尾がまた夢に出る！　酒など悪酔いしかせん！　このまま一生、私は一生、菊尾に許してもらえんのだ！」

頭を抱え、京太郎は地面に突っ伏す。

「仕方なかったんだ。許してくれ、ああするしかなかったのだ。菊尾、菊尾」

菊尾の名を呼ぶ声が、京太郎自身の生気を吸い取っていくようだった。政吉が覆い被さるようにして肩を抱き起こしたときには、抵抗することもなくされるがままに立ちあがった。唇だけは、まだ微かに、菊尾の許しを得るために動き続けている。政吉は京太郎の左腕を肩に回して担ぐと、懐から小さな袋に入った塩を取り出し、京太郎と自分に向かって撒《ま》いた。残りを屋敷に向かって投げつけるように撒くと、提灯を持ち、深川の方へと去っていった。京太郎は半ば引きずられているようだった。

明かりが完全に見えなくなってから、東仙と時雨は道に出る。

「悔いてはいるみてぇだな」

ぽつりと東仙が言う。自分のしたことの重さはわかっているようだ。

「なら、なんで殺しちまったんだ」

二人の消えた先に問いかけてみる。

「事情を知っちまった番頭は、若旦那に忘れさせて、どうにかなかったことにしようって腹づもりか」

「まあ、そんなところだろうな。あの二人が喋らない限り、このまま菊尾が見つかることはない」

　少なくとも、京太郎と政吉はそう思い込んでいる。東仙が菊尾の死体を見つけたことなど知らないのだ。もうじき二十三夜になろうという月が、緩やかに東の空へ昇ってきた。二人並んで門の前に立つ。

「そうか、ここに菊尾が」

　門を見上げ、ぽつりと時雨が言った。七尾屋の二階の窓辺で、甘い香りの煙草をくゆらせていた姿を思い出しているのかもしれない。

「きれいな女だったよ」

「知ってるよ。会っていくか？」

「いや、日に何度も呼び出しては菊尾も疲れるだろう。それに、今頃はきっと京太郎を追っている」

「ああ、夢枕にか」

　時雨がそっと手を合わせ、東仙も続いて手を合わせた。しばしの間、二人は顔を上げなかった。夜風に吹かれて体が少し冷えてきた。

「あの若旦那、自訴《じそ》（自首）はしねぇだろうか」

　あれだけ苦しんでいるように見えても、名乗り出ることはしないのだろうか。自分なら、打ち首になった方がよほど楽だ。

「名乗り出たところで、与力が縁者だと言っただろう。喚《わめ》く口を塞がれて仕舞いさ。さっき政吉がしようとしたようにな」

「菊尾が哀れだ」

「私だってそうだ」

どちらともなく、屋敷に背を向けて歩き出す。深川の客引きも、今夜はもう終いと見えて、道に人影はない。残っているのは朝まで飲み明かすか、女郎買いを決めた連中だけだ。

壁の向こうに喧騒《けんそう》を聞きながら、ぽつりと時雨が言う。

「どうして菊尾は、京太郎を選んだのだろうな」

「ん？」

「菊尾には上客も何人かいたようだ。阿谷屋が一番の大店だったとしても、ほかにもっと真っ当な、身請けしてくれる男はいたはずだ。本心から惚れていたのなら、こんなことを言っても意味はないが」

「さあ、なんでだろうな」

玄鳥から聞いた慈悲深い女と、井戸の底で石壁に爪を立てる狐の面のような形相の女。東仙の知る菊尾は二人いる。玄鳥には消えた姉女郎を持ち上げる必要もないのだから、どちらも本当の菊尾だというのはたしかだろうが、東仙の記憶に強く刻まれているのは、やはり後者の姿だ。

「でも、なんとなくわかるぜ」

東仙は菊尾の目になって見たのだ。丸く切り取られた夜空に、燦然《さんぜん》と輝く月を。

「井戸の底から見る月は、地べたの上で見る月よりずっと明るかった」

目を焼くほどに白く、遠い、遠い光だった。そして、その光の傍らには京太郎がいた。

似た光を東仙は知っている。村を飛び出して、山へ入った最初の夜、黒々とした木立の梢《こずえ》の間から月が見えた。月は細くとも光はどこまでも届いて、東仙は江戸へ行く決意を固めたのだ。あの光がなければ、東仙は山を越えることを諦めていたかもしれない。見上げるたびに泣きたくなった、あの光だ。

「欲しかったんだな」

彼女は手を伸ばしたのだ。遠い、届くかどうかもわからない月へと。

「あんな男でもさ、眩《まぶ》しかったんだ」

鈴木春信の絵は習作として何枚も写したが、その中でも鮮明に覚えているものがある。明和《めいわ》の頃の絵暦《えごよみ》で、振袖を身に纏《まと》った美女が傘を広げ、清水《きよみず》の舞台から飛び降りるという絵だ。美女は春信らしい、清楚に澄ました顔で降りる一点を見つめている。だが表情の静けさとは裏腹に、着物の袖からは襦袢《じゅばん》が荒々しく飛び出して、彼女に躍動感と生命力とを与えていた。

東仙には、彼女が菊尾に思えてならなかった。欲しいものがあったのだ。清水の舞台から飛び降りた、その先に。だがそれは、水面に映った月だったのかもしれない。

翌日、本所武家屋敷跡の涸れ井戸の中から、女の死体が上がった。そこに女の亡骸《なきがら》がある旨《むね》を紙に書いてぎゅっと結び、東仙が夜の間に奉行所へ投げ込んでおいたのだ。菊尾をこのままにしておくのはあまりにも惨《むご》い。涸れ井戸から死体が上がったことを知った町人はわずかだったが、噂はあっという間に広まり、果ては瓦版にまでなって、二日のうちに江戸中の人間の知るところとなった。

井戸の中には抱えるほどの大きな石が落とされており、女が殺されたのは誰の目にも明らかだったが、数日後には、奉行所は女の身元を調べることも、下手人探しをもやめてしまった。東仙と時雨の予想した通りだった。

東仙は再び団扇売りの日々に戻ったが、日暮れ近くなると足は自然と阿谷屋へ向いた。暖簾がしまわれ日が沈み、辺りの人影がまばらになると、京太郎はきまって提灯を提げて出かけていった。向かうのはいつも永代橋の方角だ。二、三度あとを尾けてみたが、やはり行き先は川向こうの本所だった。もうそこに菊尾がいないことは知っているだろうに、政吉が止めに来るまで数珠を鳴らし、許してくれと懇願《こんがん》し続ける。悪夢は今も続いているらしい。灯りを手に暗闇を行くその首は日に日に痩せ細り、その背は日に日に丸くなっていった。地面しか見えていないのではないかと思うほど、顔は下を向いていた。いや、あるいはすでに何も見えていないのかもしれない。遠くから聞こえる笛の音のように、細く息をしている。

ああ、今夜も京太郎は本所へ行くのだ。

阿谷屋の近くで背中を見送った晩は、細い呼吸の音がいつまでも耳から離れなかった。

七月も終わりに近づいたある夜、本所の武家屋敷跡で拝み続ける京太郎に、東仙はとう話しかけた。

「菊尾はもう、そこにはいねぇぜ」

暗がりから突然現れた黒ずくめの出で立ちの男の言葉に、京太郎は目を見開いた。顔は暗闇でもわかるほど青白く、頬がこけていた。

「誰だ」

「閻魔《えんま》の使いさ」

口をわずかに開き、言葉を発する前に閉じる。まさか東仙の言葉を信じたわけでもないだろうが、長く息を吐いた京太郎は、安堵《あんど》しているようにも見えた。薄い笑みを口元に浮かべる。

「ああ、そうか、私は」

京太郎が何か言おうとした刹那《せつな》、その顔が凍りついた。壊れて閉まらなくなった門の間から、すすきの穂が、まるで手招きするかのように揺れている。京太郎は地面に額を擦りつける。

「許してくれ！　菊尾！　頼む、どうかもう、許してくれ！」

絞り出すような声とともに、数珠が激しく鳴る。すすきは風に揺れているだけだった。きっと何もかもが菊尾と結びついて見えるのだろう。東仙は京太郎の傍らにしゃがみ込んだ。

「許してほしけりゃ、菊尾を手にかけたわけを言いな。言わなきゃ許してくれねぇさ。菊尾だって言ってただろう？　わっちが何をしんした、ってな」

弾かれたように顔を上げ、京太郎は地面に尻をついて後ずさった。

「わかってねぇんだ。己がなんで殺されたのか。かわいそうだろう」

恐怖と驚きに目を見開く。がちがちと歯を鳴らし、京太郎はとうとう重い口を開いた。

「え、縁談が、まとまって、それで、菊尾と切れなきゃならないと思って。けど、私は、また会いたくて」

菊尾が以前に言っていたのだという。

「京さん、おかみさんができたら、正直に言いなんし。わっちは、自分の身はわきまえていんすよ。身を引く覚悟はできていんす。だから、おかみさんができたなら、もうこんなとこへは来ちゃあならねぇよ」

泣きそうな顔で、笑みを浮かべてそう言った。玄鳥から聞いていた菊尾らしい言葉だと東仙は思う。

「だから、嫁をもらったら、もう会ってくれねぇんじゃないかと」

「それで駆け落ちしようと持ちかけたのか」

京太郎は頭を揺さぶるように頷いた。

「請け出したんだ。七尾屋に金は払った」

「なんだと」

東仙は目を見開く。当初、京太郎は菊尾と二人で江戸を出るつもりだった。だが、気がかりなのは吉原からの追手だ。菊尾が足抜けをすれば、追手はどこまでもついて回る。そこで京太郎は七尾屋の楼主に身請けするのと同じだけの金を払い、菊尾の足抜けを見逃すようにと頼んだのだ。

「なんでそんなまどろっこしい真似を。金があるなら正面から堂々と出て行きゃいいじゃねぇか」

「身請けしたとなれば、噂は容易に広まる。それでは阿谷屋が、困るのだ、縁談が」

「菊尾は、それを？」

「知らないさ。教えなかった。菊尾の口から広まれば同じことだ」

おかしな話だ。菊尾との駆け落ちを望みながら、京太郎は天満屋との縁談を気にかけている。二つの望みを、どちらも果たそうとしている。それも同時に。

何も知らない菊尾は必死に逃げた。京太郎との落ち合い場所へ行くため、何もかもを置いて身軽になり、塀を乗り越え、お歯黒どぶを越えた。なんということはない、それもみな、京太郎が見張り役たちに金を渡して見逃させたのだ。菊尾だけが何も知らず、いつ見つかって連れ戻されるかわからない恐怖と戦っていた。

東仙ははらわたが煮えくり返るという言葉の意味を、初めて肌で感じていた。腹の底が沸《わ》き立つように熱い。東仙は立ち上がり、声を荒らげた。

「どうして一緒に逃げなかった！」

ひっ、と京太郎が息を呑む。震えながら、また笛の音のように息をする。

「菊尾はお前のために逃げてきたんだろ！　吉原から！」

答えることもせず呆然《ぼうぜん》とした顔で見上げる京太郎の震えが、ぴたりと止まった。東仙は眉をひそめる。京太郎の顔から、怯えの色が消えたのだ。かわりにどろりとした虚《うつ》ろな目で、東仙を上から下まで眺めて言う。

「あんたがほんとに閻魔の使いかどうか、私にはわからないが」

薄ら笑いを浮かべて息を吐く、その顔が不気味だった。

「私は阿谷屋の跡取りだ。店を潰すわけにはいかないし、天満屋との縁談だってそのためだ。俺を信じて吉原から逃げてきてくれたのはうれしいけど、駆け落ちだなんて、はじめからできるはずがなかった」

京太郎は目が覚めたかのように、すらすらと言葉を紡《つむ》ぐ。先ほどまでとは別人のようで、東仙はぞっとする。

「なら、なんで駆け落ちを持ちかけた」

「来るとは思わなかった」

「だから、それならなんで女郎に、駆け落ちしようなんて言ったんだ！」

その言葉がなければ、菊尾は遠い月に手を伸ばそうなどと思わなかったかもしれない。

京太郎は時間をかけて深く息をした。肺腑《はいふ》の奥まで染みるように息を吸い込み、吐いた。

「菊尾はいい女だった。知ってるんだ、私は。私のほかにも、菊尾には上客が何人もいる。

京橋の清右衛門《せいえもん》、人形町の多良屋《たらや》宗八《そうはち》、日本橋西の……」

　呉服屋、米屋、油問屋と、そうそうたる名を京太郎は並べた。皆、阿谷屋に負けず劣らずの大店だ。

「いつ誰に身請けされてもおかしくなかった。菊尾ははぐらかしていたが、口説《くど》かれたのは私だけではあるまい。私が吉原へ行かなくなれば、きっとすぐ、ほかの者に身請けされる。あいつらのうちの誰かの、ご新造さんか妾《めかけ》になる。いずれ大店のおかみとして、私と顔を合わせることもあるかもしれない。あいつらの誰かの隣に座って……そんなのは、堪《た》えられなかった。天満屋の娘が嫌なわけではないのだ。ただ、菊尾は、菊尾は私の隣でなければ」

　くるおしいほどの嫉妬に急かされて、京太郎は堰《せき》をきったように喋り続けた。ほかの上客たちの顔と、その店の大きさを知っているが故の、幾重《いくえ》にも重なった嫉妬だった。ごしごしと、悪夢を拭うかのように京太郎は顔を擦る。

「だから言った。一緒に逃げようと。口から出ちまったのさ。だがあの晩、ここへ来て、井戸の脇に立ってる菊尾を見たら、ぞっとして。京さん、待っていなんした。そう言って笑うんだ」

　来るとは思わなかった、と京太郎はもう一度言った。来なければ、身請けしたことは伏せたまま、楼主の口から菊尾の年季が明けたと伝えてもらい、菊尾を自由の身にしてやるつもりだったのだという。だが自由になった菊尾が誰のもとへ行くのかわからない以上、それが京太郎の本心かどうか、東仙には測りかねた。

「頭が真っ白になった。まさか、本当にあの吉原から……私は逃げられない。駆け落ちなんてできるはずがない。阿谷屋は私が継ぐのだ。駆け落ちしなかったとしても、菊尾を請け出したことが天満屋の耳に入れば縁談は破談だ。私は阿谷屋を守らなきゃならない。そんな思いが急に湧いて」

大きな矛盾をはらんだまま起こした行動は、もっとも悪い形で終わる。井戸の真上に差し出された石を思い出し、東仙は身震いした。

「そんな、てめぇの勝手な理由で」

握る拳に力が入る。年季が明けても行き場のない遊女たちは、廓にとどまり、ほかの遊女たちの世話をする仕事を担う。だが、自分が足抜けをしたと思い込んでいる菊尾は、吉原へ戻ることすらできない。京太郎は菊尾に残されていたいくつもの道を、一つ一つ奪っていったのだ。

菊尾が他人の妻となることを許せていれば。

京太郎が駆け落ちを持ちかけなければ。

ここへ来た菊尾に本当のことを話していれば。

菊尾を生かす道は、いくらでもあったはずなのに。

「菊尾はなんにも悪かねぇ。お前は、菊尾より己がかわいかったんだ。それだけのことだ」

「なあ、あんた」

京太郎は地面に尻をついたまま、腕を伸ばして東仙の袖の端を摑んだ。

「あんた、閻魔の使いなんだろ。裁いてくれよ、お裁きを」

へらへらと、気味の悪い笑みすら浮かべて見上げてくる。すべて吐き出し、何かの箍《たが》が外れたのだろうか。

「うるせぇ、裁くのは俺じゃねぇ！」

吐き捨てるように言って京太郎を振りほどくと、東仙は背を向けた。少し離れると、また京太郎が菊尾に許しを乞《こ》う声が聞こえてきた。だがそれは初めの怯えていた声とは違い、役者の台詞のように芝居じみていた。

向こうから小走りにやってきた政吉とすれ違う。政吉はこちらを気にしながらも、京太郎の傍へ駆けつけ、いつものように励ました。

「若、さあ、帰りましょう。お酒を召し上がれば、きっと眠れますから。今日こそあの酒を、若に飲んで頂かなくては」

京太郎は素直に応じている。懺悔《ざんげ》は終わったのだ。道端の石を力任せに蹴《け》り、東仙は走った。

菊尾は何のために死んだのだ。

翌朝一番に、東仙は夜具を抱えて質屋の戸を叩いた。何年も使い込んだとはいえ、真綿の夜具一式はいい金になった。その金で、絵絹《えぎぬ》と群青の岩絵具、貝殻を粉にした真っ白な胡粉《ごふん》、棒状に固めた膠《にかわ》と、明礬《みょうばん》とを買った。絵に関わるものをこれほど買うのも久しぶりだ。筆もイタチ毛のものを二本新調し、夜具の代わりに得た金も、入谷《いりや》の朝顔市で稼いだ金も、あっという間になくなった。

団扇や行灯の材料に埋もれていた道具を掘り出す。木の絹枠に絵絹をぴんと張り、膠と明礬を水に溶いて熱した礬水《ドーサ》液を、絵絹の裏と表とに刷毛で引く。これが滲み止めになる。絵絹を乾かしている間に、東仙は次の準備に取り掛かる。

砂粒ほどの群青の岩絵具をいくつかに分け、乳鉢ですり潰していく。粒を細かくすり潰すほどに、群青の色は淡くなっていく。そうして五色の濃淡の違う群青を作ると、その中でも濃い群青の絵具を半分、火にかけた小さな鉄鍋の中へと入れた。鍋を揺すって乾煎《からい》りする。群青は別名藍銅鉱《らんどうこう》とも呼ばれ、その名の通り銅を含む。さらさらとした砂粒状の絵具は、鉱物の温められる何とも言えない匂いがしたあと、急に一箇所にまとまって黒ずんだ。銅が熱せられて変色したのだ。夜闇のような暗色の青。焼群青《やきぐんじょう》と呼ばれる絵具の完成だ。

絵絹が乾くのを待つうちに、夜になった。この絵を描くのは夜でなければと決めていた東仙にとっては好都合だった。

陶製の小さな鍋に、砕いた琥珀《こはく》色の膠と水とを入れ、鍋よりも一回り大きな器に湯を張って湯煎《ゆせん》にかける。鹿《しか》の皮から採《と》った膠が緩やかに溶け、獣の匂いが広がっていく。久しぶりに嗅《か》ぐとひどく獣臭い、だが懐かしい匂いだ。その脇で、溶いた膠液を、小さな皿に取った群青に垂らして指で練るように溶く。これが絵具となる。濃淡を変えた群青の絵具の小皿を全部で六枚。さらに胡粉を練った白い絵具も用意した。最後に、いつものように墨《すみ》を磨《す》る。

絵を描くまでの準備をするのも久しぶりだったが、体が覚えていたのか、一度も淀《よど》むことなく作業は進んだ。行灯と油皿の灯《ひ》と、用意したものとを絹枠の周りに並べ、東仙は目を閉じ、ゆっくりと呼吸した。

本来ならば下絵を絹枠の下に置き、下絵の線を写し取るのだが、東仙は下絵を描いていなかった。下絵を描いて絵組みを練ってしまえば、描きたいものが逃げていってしまうような気がした。

目を開く。描きたい絵は絹地の上に見えている。逃がすまいと、東仙は筆をとった。細い面相筆《めんそう》に濃い墨を吸わせ、初めに描いたのは、円だった。絵絹の中央よりやや上に、きれいな丸い円を描いた。円から下には広がるように格子模様を放射状に描き、円の周りは薄墨でぼかした。

背中がざわざわとする。何か得体の知れないものが、背後にいるような気がした。いいや、得体は知れている。

東仙は円の中、左上部にもう一つの円を描いた。二つの円の間に、墨で塗り潰すように人物の影を描く。男だとわかるよう、髷の形ははっきりと。

不意に東仙の右側から、透けるような白い腕が伸びてきた。その腕は本当に透けていた。油皿の灯火を透かして、ろくろ首の首のように伸びるのは、肘のない、細い女の腕だ。ぐにゃぐにゃと宙をうねりながら、腕は東仙から筆を奪おうとまとわりつく。

駄目だ。

黒い人影に墨を重ねながら、東仙は強く思う。腕は一瞬びくりとしたが、すぐにまた東仙の腕に絡みつこうとしてきた。もう一本の腕が、今度は東仙の左側から、絵に触れようとする。

「駄目だ、触るな！」

腕は絵絹から離れ、東仙の首元へと伸びた。首の周りへぐるぐると巻きつく。東仙は別の筆に淡い群青を取ると、内側の小さな円の縁に、慎重に薄く塗った。少しずつ範囲を広げ、外側の円に届くまで、徐々に色を濃くしながら何度も青を塗り重ねていく。元が鉱物の群青は、砕くことで細かな一粒一粒が輝き、描かずとも満天の星空となる。重ねるほどに夜は深くなる。白い腕はその様子を見ているかのように、東仙の傍らでしばし動かなかった。

「ほら、な。菊尾」

腕に語りかける。胡粉を膠に溶いた、真っ白な絵具を筆に取り、小さな円の内側に塗っていく。縁にはもう一度、淡い青を滲ませる。

「ほら、月だ」

首に巻きついていた腕がするすると離れ、寄り添うように肩に触れる。感触らしいものはなく、ただその辺りがざわざわとする。

「お前が見たもんは、みんな俺が描いてやる。お前が見せてくれたからな。だから、俺に任せて少し休め。恨むのも憎むのも悔やむのも、お前だってもう疲れたろう。もう何も、元のように戻りはしねぇんだ」

丸く切り抜かれた夜空と、こちらを見下ろす人影、井戸の内側の石積み。白い腕がふわりと伸び、井戸の縁の人影に手を伸ばした。だが、触れる前に手は指を畳み、すっと後ろへ引いていった。

東仙は絵の中のすべてのものに降り注ぐ白い月光を丁寧に描き込む。そのうちに、いつの間にか白い腕はいなくなっていた。六畳の長屋の中には東仙がただ一人いるだけだ。最後に、端に名を入れる。描き上げたときには、白々《しらじら》とした光が障子を輝かせていた。

東仙はこの一晩で、三十も老けたような気がしていた。筆を置く手が震える。胸の中には充実感と、何ものにも埋められない空虚《くうきょ》さとが同居していた。乾いてひりつく喉から息を吐き、なにげなく顔に触れると、ざりざりと嫌な感触があった。一晩でずいぶんと髭《ひげ》が伸びたものだ。水も飲みたいし顔も洗いたい。東仙は剃刀《かみそり》を持って外へ出た。

まだかみさん連中も起きていないようだ。井戸端で顔を洗い、剃刀を肌に当てる。手はまだ震えていて、東仙は口の左側を切った。

「いて」

顎をつたう真っ赤な血が、地面についた膝に落ちて、黒い着物に染みていく。指先を傷口にやる。朝日を浴びて光る血の玉を、東仙は長いこと見つめていた。

できあがった絵を持って、東仙は日本橋東の本町《ほんちょう》にある絵草子《えぞうし》屋、恵泉堂《けいせんどう》へと向かった。ここは東仙が松山の門人だった頃からの付き合いで、破門された身に同情してか、頼めば絵を置いてくれた。だが、気のいい店主も今回ばかりは渋い顔しか見せなかった。

「なんですかこりゃあ」

店先の床几《しょうぎ》には人気の役者絵が並べられ、壁には美人画や力士絵が紐《ひも》に吊られて二十も下げられている。座敷の奥の壁に掛けられているのは、掛け軸に仕立てられた高価な花鳥画だ。その座敷の、衝立の向こうの商談場所で、店主の上げた第一声がそれだった。眼鏡を外し、呆れ顔で絵を突き返す。

「東仙さん、いくら翠月さんの弟子だった人だからってね、こんな珍妙な絵は置けませんよ。なんですかこりゃ」

井戸の底から見た月だとも言えず、東仙は当たり障りのない言葉で店主をなだめたが、まるで効果はなかった。

「だいたいここ、なんですかこの赤黒い盛り上がったのは……血じゃありませんか!」

それは人影の腹の辺りに、東仙が自らの血を塗り付けたものだ。帯に挟んだ血の色の煙草入れが、井戸の縁にいる人物を示していた。

「真っ当に描いても売れないもんだから奇をてらったつもりでしょうが、これじゃますます売れない」

「まあまあそう言わねぇで」

「これじゃ翠月さんも嘆《なげ》くばかりでしょうよ」

最後の一言はぐさりと刺さった。東仙は顔の前でぱんと手を合わせる。

「頼むよ恵泉堂さん。これが最後でかまわねぇから、これを掛け軸に仕立てて、一両で店先の目立つところに置いてくれねぇか」

「一両!?」

店主は飛び上がらんばかりに驚いた。一両といえば、銭六千文に相当するのだから当然だ。

「馬鹿《ばか》言っちゃいけませんよ！　こんな絵を一両で店先に置いたりしたら、恵泉堂の評判はガタ落ちだ。あたしが耄碌《もうろく》したと笑われますよ！」

「そこをなんとか」

東仙は手を合わせて頭を下げる。

「三日、いや二日でいい。売れる自信があるんだ」

「二日だっていやですね」

「売れたら旦那が三分持ってってかまわねぇ。俺の取り分は一分でいいから、頼むよ」

三分、と聞いて店主の顔色が変わった。一分が千五百文だから、三分で四千五百文だ。それでも悩んだ素振りを見せた末に、大きなため息をついて店主は頷いた。

「二日だけですよ」

「おお、ありがてぇ！」

「今回だけですからね！」

念を押され、東仙は満面の笑みで頷く。

「わかってらぁ。旦那、ついでにもう一個置いてもらいてぇもんがあるんだが」

「これ以上おかしな絵はごめんですよ」

「いや、絵じゃねぇんだ」

店主が嫌そうに眉をひそめたところへ、時雨が風呂敷包みを抱えてやってきた。東仙は包みを指す。

「これなんだが、売り物じゃなくて飾り物だ。その絵を掛けた下にでも置いといてくれ」

包みを解くと、現れたのは群青の着物に身を包み、煙管を手にした花魁の人形だった。

「これは？」

自信に満ちた笑みをにこりと浮かべ、時雨は意気揚々《ようよう》と人形の説明をする。

「煙吐き人形といいます。胴の中にギヤマンの壜があり、中で少しの蚊やりを焚き、ゼンマイを巻けば、花魁が口から煙管を離すと同時に煙を吐くというからくりですよ」

「ほぉー、煙をね。この人形が」

店主は東仙の絵よりも興味深そうに、人形のことに聞き入っていた。

それから二日後の夕方、東仙が恵泉堂を訪ねると、店主は待ちかねていたようにいそいそと現れた。衝立の内側へ案内され、机を挟んで向かい合う。

「売れたんですよ東仙さん、どういうわけだか」

「買ったのは？」

「それが、日本橋の唐物屋、阿谷屋の息子さんでね。今朝のことですよ」

「古井戸之月」と題されたこの奇妙な絵が早々に売れることを願い、店主はため息をつきながら店を開けた。掛け軸の下には、時雨に言われた通りに蚊やりを仕込んだ煙吐き人形を置いていた。店を開けてすぐ、東仙の絵を見つめる男の姿があった。京太郎だ。京太郎の顔は青白く、ときどき体を震わすように身を竦めていたという。

「親父、この絵は？」

身を乗り出さないと聞き取れないほどの小さな声だった。

「へえ。青井東仙さんという絵師の絵ですよ」

「青井東仙……知らんな。有名なのか？」

「いえいえ、からきしです。元は松派の絵師ですがね。ご存知でしょう、松山翠月さん。あの人の弟子だった人です。おかしな絵ですが、ぜひ置いてほしいと言うもんですから」

「へえ、そうか」

元松山派の絵師だということには食いつかなかったと店主は言う。店主からすれば、それが唯一の売り込める点なので力を入れたそうだが、京太郎は何度か東仙の名を呟くだけだった。

「親父、すまんがこの絵を取っておいてくれるか。手持ちがないのだ」

「お買いになるんですか?」と、思わず店主は調子はずれな声を上げた。

「売っているんだろう。お買いになるんですか、とはおかしいじゃないか」

「へえ、それはそうですが。まあ、買ってくださるならありがたいことです。阿谷屋さんまでお持ちしましょう」

それは困ると言い、京太郎は店主の申し出を断ると、阿谷屋へと取って返し、一刻後には一両を持って再び恵泉堂に現れた。

「なにやら汗だくでしたが、走ってきたからというより腹でも痛いような……とにかくどこか気味の悪い汗のかき方でした」

恵泉堂はそのときの様子を語る。

「唐物屋ですし、変わったものがきっとお好みなんだろうと思ってましたけどね、絵が手に入ってうれしいようにも見えなかったんですよ。なんだか絵を怖がっているような、そんな目で、巻いた掛け軸を見るもんですから。気がかりなのはそのあとのことですよ」

「どうしたってんだ」

「ついさっき、お客さんから聞いたんですがね、阿谷屋の若旦那、出家することになったそうです」

　これには東仙も驚いた。目を丸くしたまま、声も出せずにただ唾を飲み込む。

「それから番頭の政吉さん、あの人も田舎へ帰ることにしたとか。驚きましたよ。阿谷屋さんにはまだ小さいとはいえ息子さんがもう一人いますから、商《あきな》いは継いでいけるでしょうけど、政吉さんがいなくなっちまうのは痛手だ。あの人は長く奉公してたんですよ。一体どうなってんだか」

　あらためて、店主は訝しげな目を向けてくる。

「東仙さん、あんた一体、何を描いたんです?」

　東仙はぎこちない笑みを浮かべ、首を横に振ることしかできなかった。

「さあ、ね」

「変な人ですよ、まったく」

店主は腑に落ちない様子だったが、これ以上問い詰めても無駄だと思ったのか、おもむろに後ろの錠前《じょうまえ》付きの引き出しを開けた。

「ほら、約束の一分金ですよ」

「おお、ありがてぇ」

「こちらもありがたいけど、こういう変な絵の持ち込みはこれっきりにしてくださいよ。買った人間が出家だなんて、いわくつきもいいところだ」

「わかってるよ」

金を見た途端、いくらか普段の心持ちに戻り、東仙は懐の財布にしまう。初めて手にした一分金だ。この小さな金の欠片《かけら》一枚が、銭千五百文と同等の価値があるのだと思うと不思議な気がした。

「それと東仙さん、時雨さんの人形なんだがね、あれはもう少し貸してもらえないかね。いい客寄せになるんだ。通る人みんなが見て行く。評判がいいよ」

「ああ、なら俺から時雨に話しておこう。だが、また何日も貸すとなると調整が要るだろう。一旦預かっていいか?」

「ええ、そうしてください」

店主は店先から大事そうに人形を抱えてくると、ふと思い出したように言った。

「そういえば阿谷屋さん、この人形を見てえらくぎょっとしてたなぁ。みんな初めは驚いてもすぐにいい顔で褒めるんだが、阿谷屋さんは何かぼうっと見入っていて」

「そりゃあそうさ」と店主に聞こえないように言って、東仙は人形の頬を撫でる。人形の首は、ここへ持ってくる前に時雨がすげ替えた。今の顔は玄鳥《つばめ》ではなく、菊尾だ。東仙の描いた菊尾の似顔をもとに、時雨が新たに首を作ったのだ。髪は、ようやく手伝えることを喜んだお雪が、丹精込めて結い上げた。人形の出来のよさに、京太郎はさぞや肝《きも》を冷やしたことだろう。

「人形の首は替えるけどいいかい？」

「ええっ、そうなんですか？　この顔は美人で人気がありましたけどね」

「次のも美人さ」

それならいいかと、店主はあっさりと承諾《しょうだく》した。

東仙から話を聞いた時雨は、手元へ戻ってきた菊尾の人形を切なげに見つめていた。この先も一生、菊尾の面影に怯えて生きる。京太郎はそのことが怖くなったのだろう。

「阿谷屋は、己で己を裁いたか」

「ああ。政吉は旦那への負い目で出て行ったか、そんなとこだろう。跡継ぎを守りきれなかったんだ」

お雪も神妙な顔をして言う。

「これで、菊尾姉さんも浮かばれるでしょうか」

「そうだといいな」

「浮かばれなくちゃ、本当にかわいそうです」

「ああ、そうだな」

東仙は懐から財布を出し、一分金を二人に見せた。

「よかったですね、東仙さん。こんな形とはいえ、絵が売れて。青井東仙の雅号《がごう》で絵が売れたのって、たしか初めてですよね」

「ああ。たまには二人にも何か奢ってやりたいんだ、が」

「が？」

聞き返すお雪に、東仙はいくらか言いにくそうに口を開く。

「この金で、玄鳥に会ってこようと思う」

にこりと笑って、お雪は大きく頷いた。

「そうしてください。玄鳥姉さんに、ちゃんと話してあげてください」

「まだ姉さんて呼んでんのか」

「そりゃもちろん。玄鳥姉さん、きれいですもん」

やれやれと笑って、東仙は一分金をしまう。ことりと音がした方へ目をやると、時雨が人形の首を菊尾から玄鳥へとすげ替えたところだった。

「玄鳥に会いに行くのはいいとして、質に入れた夜具はいいのか？　吉原での一分は水泡も同じだぞ」

「なに、また描くさ」

「そうか」と、時雨はゆったりと微笑むと、菊尾の首を縮緬《ちりめん》に包んで引き出しにしまった。

下手人が挙がることはとうとうなかったが、菊尾の方は身元が明らかになった。なんでも、菊尾の素性の書かれた差出人不明の文《ふみ》が、奉行所に届けられたらしい。すぐさま七尾屋の楼主が呼ばれ、身に付けていたものから菊尾であることがたしかめられると、荼毘《だび》に付された菊尾は、正燈寺へ眠ることとなった。文の差出人は東仙ではない。差出人は良心の呵責《かしやく》に耐えかねた京太郎か政吉か、あるいは時雨かお雪か。それとも遊女のなれの果てを察して哀れんだ七尾屋の楼主か。結局のところ、その正体はわからずじまいだった。

七尾屋の二階にある玄鳥の座敷で、東仙は絵を描いていた。一分金をはたいて、東仙は玄鳥を一晩買った。とはいえ、体は売らぬ吉原芸者だ。借りたと言った方が正しい。

東仙の視線の先で、玄鳥はこちらに背中を向け、着物をはだけて座っている。玄鳥の左右には行灯があり、背中の火傷を妖しく照らす。

「そうでござんしたか。あの井戸の中の仏さんが」

菊尾と京太郎の顚末《てんまつ》を聞き終え、玄鳥はそう呟くように言った。客から例の瓦版を見せられ、もしやと思っていたらしい。気落ちしている姿を見せまいと、声色を強く保っているのがわかった。

「ありがとござんす。姉さんを見つけてくだすって」

「見つけることしか、できなかったけどな」

下絵を描きながら東仙は答える。

「十分でござんすよ。姉さんは、ちゃんとお天道様の下に出られんしたから。正燈寺なら、これから紅葉がきれいでござんしょう。姉さんも喜びぃす。だからこうして、主《ぬし》に絵を描かせていんすよ」

玄鳥は、開け放った格子窓の隙間から、星空を見上げていた。

「寒くねぇか?」

東仙がそう訊くと鼻で笑う。

「まだ七月ざんすよ」

「そうは言っても桔梗《ききょう》は咲いてる」

「そりゃあ、きれいでござんしょうなぁ」

窓の下では往来の真ん中に並べられた常夜灯が、ほのかな光を放っている。星明りにも負ける、微かな光だ。

「ほんに、どいつもこいつも。阿谷屋の若旦那も、楼主《だん》さんも……菊尾姉さんも。ああ、ばからしいよう」

いやだいやだ、と玄鳥は頭《かぶり》を振った。東仙は長屋で用意してきた絵絹を下絵の上に置き、墨で骨描きをする。絵の骨格となる線を描いていく。絹地に描き始めたことに気づいてか、玄鳥はしばらく無言でいたが、やがてぽつりぽつりと、独《ひと》り言のように話し始めた。

「去年、吉原に伴天連《ばてれん》が来ぃした。昼見世あとの女郎たちを裏道へこっそり集めて、わけのわからねぇ話をして……南蛮《なんばん》では、人は星の下に生まれるんだと。わっちらのことを、不仕合せの星の下に生まれた娘たちだと、そう、言いんした」

東仙は目だけ上げて玄鳥を見る。玄鳥は白い首を晒して夜空を見上げている。

「伴天連の一人が、わっちに訊きんす。どんな星の下に生まれてぇかと」

「なんて答えた」

「青い星の下に生まれとうござんすと、そう言いんした。その伴天連、おかしな顔で、瞬《またた》きばかりしていんした」

くすくすと品の良い、しかし何かを含んだような声で玄鳥は笑う。それから、格子窓の向こうを見上げて言う。

「芸者になってから、夜は星を見ることが多くなりぃした。こう、じっと見てると、星には白も赤も青もあるとわかりぃす。わっちは、青い星が一番《いっち》好きさ。怖いくらい、よく光る星があるのだえ」

「俺もだ」

「主もかえ？」

「青は懐が深いからな」

「そうかえ、青がねぇ」

襦袢で口元を押さえ、鈴の転がるような声で玄鳥は笑った。

筆が絹地を滑る音は、夜明け近くまで続いていた。二人ともだんだんと口数が減り、東仙は途中で見世の男衆が行灯に油を注ぎ足しに来たことにも気づかなかった。

明けの烏が鳴く頃、東仙は筆を置いた。絵に顔を寄せ、また顔を引き、何度も見直したあとで満足すると、玄鳥を呼んだ。玄鳥は襦袢をするりと首元まで引き上げ、東仙の隣へ座った。白粉《おしろい》の匂いが漂う。不安そうな顔で絵に目をやろうとしないその頬に、東仙は手の甲で触れ、そっと促す。

「ほら、見てみな。玄鳥の背中に何があるか」

揺れる黒い瞳がゆっくりと絵の方へ動き、やがて見開かれる。

「観音菩薩《かんのんぼさつ》だ」

玄鳥は言葉を失い、身を乗り出して絵に見入った。慈悲深い面差《おもざ》しの観音菩薩は、口元だけが妖艶に微笑んで、どこか玄鳥に似ていた。

「ああ、観音さん」

しばらくしてそう言った声は涙ぐんでいた。

「ほんに、観音さんかえ。わっちの背中にいんすは」

「ああ」

「嘘をつきなんしたら承知しぃせん。あの客人は、腰をば抜かしんしたのに」

「これだけ見事な観音さんだ、腰も抜かすさ」

玄鳥は東仙の顔を窺っていたが、やがてどうでもよくなったようだった。絵に手を合わせ、その手を解いたときには、晴れやかな顔をしていた。

「センセ、この絵、わっちにくれなんすか？」

「いいぜ。でもセンセはやめてくれ」

「うれしい。センセ、ありがとござんす」

そう言って満面の笑みを咲かせた顔は、初めて年相応の娘に見えた。東仙は照れながら、何度か躊躇ったあとで口にする。

「玄鳥」

「へえ」

名を呼んでも、もう嫌がらない。

「その、なんだ、お前を身請けするには、その、いくらかかるんだ」

玄鳥は目を瞬いて首を傾げる。

「九十両はござんす」

「そうか」と、東仙は頷く。

それ以上は何も言わなかった。覚悟を決めて、ただその一言を口にした。玄鳥にも、それは伝わったらしい。からかうように目を細めて言う。

「でもさセンセ、先の話をしんすは、まだ早いのじゃござんせんか？」

「訊いただけだ」

手強い。これくらいで惚れてくれる女ではなかったようだ。隠したつもりの表情を読んだか、玄鳥はくすりと笑う。

「それより、欲しいものがござんす」

「なんだ」

「かんざし。鼈甲《タイマイ》の」

「鼈甲とは。馬の爪ならまだ買えなくもねぇが」

「いいさ、ニセでも」と、にっこりと笑って玄鳥は言う。

「姉さん方が鼈甲のかんざしを挿していんしょう。こう、扇みてぇに、髪にぱあっと。わっちもやってみとうござんす」

東仙の体にしなだれかかり、玄鳥は観音菩薩の絵に手を伸ばす。白い指先が、まだ匂い立つ墨に触れる。

「いっそ苦界に落ちる身ならば、花魁になりとうござんした」

掠《かす》れた声で言うと、唇を嚙む。すべらかな頬を、涙の滴《しずく》が転がるように落ちた。東仙は何も言わず、ただ玄鳥の肩を抱いていた。朱色の格子の向こうでは星々が姿を消し、白《しら》んだ空が光を抱いて、淡い青へと変わるところだった。

松に蟬

初雁《はつかり》は秋を追ってやってくる。くの字型の見事な隊列をけして乱すことなく、悠然と空をゆく。その群れの遙か下、小伝馬町《こでんまちょう》は文次郎長屋《もんじろうながや》に、軽快な金槌《かなづち》の音が響いていた。

八軒の住まいの並ぶ文次郎長屋は、夏の終わりに髪結いの夫婦が出て行き、東仙《とうせん》の隣が空き家になった。間口は九尺で、出入り口の腰板障子《しょうじ》を出れば三歩で隣の戸が叩ける。とはいえ中は思いのほか広く、六畳の座敷の外には濡れ縁までついている。それでも新しい住人が現れないのは、極端な日当たりの悪さと建物の古さ、あるいは口うるさい差配人の老婆《ろうば》が原因なのかもしれない。

金槌の音の出どころは、長屋のもっとも奥にある東仙の家からだ。だが、釘を打っているのは主《あるじ》ではなく、向かいに住む大工の善次《ぜんじ》だった。

「まさかおめぇん家《ち》に神棚がねぇとは気づかなかったぜ」

最後の釘を口から取り、善次は言う。

「ここの長屋の神棚は、俺が越してきたときにこしらえ直したはずなんだがな。だから今まで貧乏神に取り憑《つ》かれてたんだなぁ」

善次の後ろで、東仙は描き上げた数枚の絵を風呂敷に包んでいた。間に紙を挟んで重ねて包むと、軽いながらも厚みは出る。その厚みを、東仙は信じられないような心持ちで見つめていた。そこへ聞こえた善次の独《ひと》り言と笑い声とに、慌てて口元を笑みの形につくって顔を上げる。

「神棚があったって、貧乏神は憑くんじゃねぇか？」

「呼んでこなけりゃ憑かねぇよ」

「じゃあ善《ぜん》さんはわざわざ呼んできたのか」

何を、と振り向いた善次が、風呂敷包みと東仙の顔とを交互に見て、兄貴分らしい顔になる。

「それで何枚目になる？」

今までに恵泉堂《けいせんどう》へ納めた絵の数を訊《き》いている。行灯《あんどん》張りと団扇《うちわ》売りで生計を立てていた頃にはほとんど納めていなかったから、ここ二月ほどの間の数だ。

「十枚になるよ」

「もうそんなにか。よかったな東仙。売れてきたんだってなぁ」

まるで自分のことのように喜ぶ善次に、東仙は無言で頷《うなず》いた。何と言っていいのか、言葉が見つからなかった。今でも半信半疑なのだ。

「古井戸之月」が高値で売れたあと、味を占めたか、恵泉堂から絵の注文が来た。変な絵を置くのはこれきりだと言っておきながら、恵泉堂の方から言ってくるとは、まったく調子のいいことだ。阿谷屋京太郎《あだにやきょうたろう》にはあの絵を買う理由があったのだから、二匹目のどじょうがそう簡単にかかるはずもない。だが恵泉堂に事の経緯を話すわけにもいかず、東仙はわざと奇妙な絵を描いて納めた。

はじめに描いたのは、両手にジョウゴと団子を持ってふくれっ面をする娘の絵だった。墨絵《すみえ》だが、少しめくれた裾《すそ》の裏地にだけ赤い色を入れた。遠回しに店主を説得し、値はぐっと下げた。そもそも「古井戸之月」は、京太郎だけに買わせるためにわざと高額にしたのだ。しかし東仙の予想に反し、絵はあっという間に売れた。買った客は、京太郎が息を切らして「古井戸之月」を買うところを見ていた者だった。その様子を見ていた者が、また次の絵を買った。

それからは何がどうなったのか、よく覚えていない。一枚描けばすぐに次の注文が舞い込んで来て、このところはひっきりなしだ。巷《ちまた》でも評判が広まり始めているらしく、季節が変わり秋になっても、恵泉堂からの注文はあとを絶たない。

それは東仙にとっては複雑なことだった。浮世絵とも、伝統的な絵とも違う。ましてや松山《まつやま》派の画風とはかけ離れている。本来、売れることなどない絵なのだ。金は欲しいし名も上げたい。だが、これで本当にいいのだろうか。暗闇《くらやみ》を手探りで行くような迷いと不安とを内腑《ないふ》に溜めながら描いていたある日、家の中を見回して気づいた。

神棚がない。

信心深いとは言えない東仙も、このときばかりはぞっとした。このまま暗闇めいたものに飲み込まれてしまうのではないかと思うと恐ろしかった。慌てて向かいの家に駆け込むと、善次は神棚作りを快《こころよ》く引き受けてくれた。ただし、飯と酒をたらふく奢《おご》るという条件付きで。

「一丁上がり、と」

できあがった神棚を見て、善次は満足そうに何度も頷いた。

「相も変わらずいい腕だ」とは、東仙ではなく善次自身の言葉である。実際、神棚はよくできていた。西の壁に付けられた棚の上の社《やしろ》は、小さいながらも神の仮宿には十分だ。

「器用だな善さんは。雨漏《あまも》り雨漏りばっか言ってっから、雨漏りしか直せないのかと思ってた」

「小石川御門《こいしかわごもん》の修繕もしたって言ったじゃねぇか」

「ああ、だから小石川御門の雨漏りを直したのかと」

そう言うと、隅《すみ》に置いていた団扇の束で殴られた。紙と竹の束は思いのほか痛い。顔をしかめ、しめ縄も榊《さかき》も飾る前から、神棚に手を合わせようとすると、善次が驚いて言った。

「ばかよおめぇ、まだ肝心の札がねぇじゃねぇか」

「え、あ、そうか」

神の社はまだ空だ。

「結構ぼうっとしてやがんな。まあいい、これから札ぁもらいに行こうぜ」

促されて外に出ると、ちょうど塩売りから戻ってきた与七《よしち》も連れて、善次は氏神《うじがみ》とは逆の方向へ歩き出した。

「善さん、どこ行くんだ？」

ねじり鉢巻きをきゅっと結び直し、善次は歯を見せて笑う。

「決まってるじゃねぇか。今日がいつだか忘れちまったか？　祭りよ、芝神明《しばしんめい》のだらだら祭りよ」

ああ、と顔を見合わせると、与七がゆっくりと笑った。

芝神明は江戸《えど》の南、広い敷地を持つ増上寺《ぞうじょうじ》のすぐ東にある。天照皇大御神《あまてらすすめおおみかみ》と豊受大神《とようけのおおかみ》という二人の女神を祀《まつ》る歴史の深い神宮で、ここに参ればお伊勢《いせ》参りの代わりにもなると言われていることから、参拝客は多い。

御祭神は周辺の名産である生姜《しょうが》が売りに出されるため、生姜祭りとも呼ばれるが、だらだら祭りの名の方が馴染《なじ》み深い。なにせ、九月の十一日から二十一日まで、十一日も続くのだ。おまけに曲芸や軽業《かるわざ》の興行は祭りの数日前から始まり、祭りのあとも騒ぎは続く。

一体いつからいつまでが祭りなのか、わからなくなるほどのだらだらっぷりだ。

御札を受けに行くことなどは明らかにただの口実で、芝の笛や太鼓《たいこ》が聞こえ始めた途端、善次の足取りは一層軽くなった。

「東仙！　天ぷら食いてぇ！　買ってくれ！」

「俺も天ぷらぁ」

「なんで与七にまで買ってやんなきゃいけねぇんだ」

「いいじゃねぇか東仙、俺だって腹減ってるんだよぅ」

参道の露店で、串に刺さった天ぷらを数本買う。ハゼ、こはだ、芝海老《しばえび》、ごぼうに菊の葉。つゆに浸《ひた》した天ぷらを口に入れたまま参拝の列に並び、無事に御札を受け取って用事を済ませてしまうと、善次と与七はいよいよ枷《かせ》を解かれた者のようだった。

「東仙、次は団子だ！」

「東仙、俺も。あと唐辛子も」

善次の入れ知恵があったと見えて、与七まで東仙の財布を当てにしてくる。

「唐辛子くらい自分で買えよ与七」

「もうすぐ終わっちまうんだよ」

「東仙、あっちに猿回しが来てるぜ！　からくりも出てる！　ありゃ時雨《しぐれ》たちだ！」

言われて見ると、参道の生姜売りの脇に時雨とお雪《ゆき》がいた。隣には覗《のぞ》きからくりの伊藤《いとう》重三郎《しげさぶろう》もいて、どちらも大掛かりな露店を出している。見世物屋にとって、だらだら祭りは絶好の稼ぎ時だ。あとからあとからお客が来る。

東仙がお代を払い、善次と与七は重三郎お手製のからくり台に取り付けられた拡大鏡を覗き込む。物語を読みながら、重三郎が拡大鏡越しに見える絵を、紐《ひも》を引いて次々に替えていくと、二人は「わぁ」とか「おお」とか、子供のように声を上げた。二人には、登場人物の絵が背景から離れ、手前に浮き上がって見えているのだ。

「久松《ひさまつ》つぁん、来世では、きっときっと一緒になろうね」

お染久松《そめひさまつ》。歌舞伎《かぶき》や浄瑠璃《じょうるり》でお馴染みの心中ものだ。油屋の一人娘のお染と丁稚《でっち》の久松は恋仲だったが、二人の思いとは裏腹にお染の縁談が決まり、一家中が留守の日を待って心中を決行する。

大柄《おおがら》で芋のような顔の重三郎が出す気味の悪い高い声も、見入っている二人にはお染の声と聞こえるのだろうが、傍《はた》から見ているとなんだか吹き出しそうになる。

「どうだ、稼ぎは」と、重三郎を見ないように手を顔の横に当て、東仙は時雨に尋ねた。

時雨は自慢の人形たちを携《たずさ》えてきていた。茶運び人形が歩くための緋毛氈《ひもうせん》を敷いた台も、弓曳《ゆみひ》き童子のための的も設《しつら》えてある。いつもは時雨堂の座敷に座っているばかりの、人形たちの晴れ舞台だ。

「上々だよ。祭りは財布の紐が緩む。こうも続くと、さすがに疲れてはくるがな」

そう言うと、時雨は大きなあくびをした。

「まだ祭りが始まって三日目ですよ」と、お雪が言う。

「そうは言っても七日はいるぞ。祭りが始まる四日も前からだ」

「だらだら祭りですもの。あと八日は続きますよ」

時雨を励ますように言うが、お雪自身は苦ではないようだ。普段時雨堂にいるときよりも、こういう特別な場の方が、時雨の隣で言葉を交わすことも多い。それがうれしいのだろう。

「東仙の方はどうなんだ。調子は」

「ああ」と、東仙は頭をがしがしと掻《か》いた。

「明日また恵泉堂に納めるよ。今度は四枚だ」

どうもまだ慣れない。話していても、己《おのれ》のことではないようだ。団扇が売れない話をしている方が落ち着く。だが時雨は、善次と同じように喜んだ。

「とんとん拍子だな」

「そのうちしっぺ返しが来るさ」

「そうとも限らんさ。恵泉堂へ行くなら、煙吐《けむは》きの調子を見てきてくれ。祭りの間は直しにも行けないから、無理させぬようにと店主に」

そこまで言うと、時雨は頭の後ろで手を組み、空を仰ぐようにのけ反った。

「私もここにいるより、作りたいからくりがあるんだ。部品が作りかけでな。ああ、作ると稼ぐとが、同時にはできんものかな」

「人形を使って興行をしてくれるからくりを作ってみたらどうです?」

「おお、それはいい」

お雪の冗談を真に受けたわけでもあるまいが、時雨は何やらぶつぶつ言い始めた。時雨の場合、本当にやってのけるのではないかという気もするから恐ろしい。

「そうだ東仙さん、見てください」

ぱちんと一つ手を打つと、お雪は二段重ねの小判型の木の箱を大事そうに両手で取り出した。蓋《ふた》と側面には、丹色《にいろ》と緑青《ろくしょう》で藤の花が描かれている。

「千木箱《ちぎばこ》、旦那《だんな》様が買ってくださいました」

千木箱は芝神明の名物で、中には飴玉が入っている。「千木」と「千着」とをかけ、箱を簞笥《たんす》に入れておくと衣装が増えるという言い伝えがあり、参拝客の女たちのほとんどはこの千木箱が目当てだ。衣装が増えるということは、亭主の稼ぎがよくなるか、または良家に嫁《とつ》げるかだ。女房にとっても娘にとっても縁起がいい。

「帰ったら箪笥にしまうんですよ」と、お雪は千木箱に頬《ほお》ずりをして上機嫌だ。

「千木箱か、いいな」

「東仙も衣装持ちになりたいのか？」

東仙の呟《つぶや》きに、時雨が顎《あご》に手を当てて真顔で訊く。

「違ぇよ、長屋のかみさん連中への土産《みやげ》さ。いつもなにかと世話になってっからなぁ」

お景《けい》とおかつのことだ。二人ともなにかと気にかけてくれていて、絵に没頭しているときなどそっと握り飯を置いていってくれる。今ならば、土産を買って帰る懐《ふところ》の余裕もある。

「やめとけやめとけ」

そう言ったのは、覗きからくりを見終えた善次だった。与七と二人、目の辺りをしきりにこすっている。同じ話を何度聞いても、二人とも心中ものにはえらく弱いのだ。

「千木箱なんざ渡したって、増えるかどうかは嘉助《かすけ》と伊作《いさく》さんの稼ぎ次第だ。恨まれても知らねぇぜ」

二人それぞれの亭主の名を出して、善次はぶんぶんと手を振る。

「土産なら生姜で十分だろうよ」

お雪は少し残念そうな顔をしつつ、隣の生姜売りに目をやった。瑞々《みずみず》しい青い葉を束ねた生姜が台の上一杯に並んでいて、次から次へと飛ぶように売れている。

「ええ、芝の生姜はおいしいですから。料理上手ですもんね。きっとお景《けい》さんもおかつさんも喜びます」

人が集まってきたのを見て、時雨が立ち上がり、弓曳き童子を的の正面に置いてゼンマイを巻いた。白い顔に紅を塗った唇の妙に艶《なま》めかしい童子は、背中に負った四本の矢のうち一本を引き抜き、弓につがえてきりきりと引く。引いたところで指が離れると、矢は一直線に飛び、的の真ん中へ当たった。見物客から、おお、と声が漏れる。

童子の動作は常に、きりきりという音の中で行われる。薄い金属の板がゼンマイで巻かれ、ゆっくりと戻っていく音だ。東仙はその音に、煙吐き人形を思い出す。腹の奥が少し重くなる。

善次が腕を組み、感心した様子で言う。

「時雨のからくりはいいよなぁ。なんつうか、動きが違うな。ほかのからくり屋とさ。雅《みやび》ってのかね」

「善さん、与七、行こう」

「なんでぇ東仙、まだあと一本、矢が残ってんぜ」

「当たるよ。時雨が作ってんだ」

着物を引っ張って人混みをかき分け、無理にその場から離したので、善次は口を尖らせた。

「なんだよ東仙。まだ終わってなかったのによ」

だが与七の方は頭の切り替えが早いのか、すぐに腹をさすって別のことを言い出した。

「東仙、俺腹へった」

「え」と、東仙は思わず眉をひそめる。

「天ぷらと団子食ったばっかじゃねぇか」

「あんなので腹いっぱいになるようじゃ江戸っ子じゃねぇや。なぁ善さん」

「よく言った。その通りだ」

普段は江戸っ子らしいところなど一つもないくせに、と東仙はいまいましい思いで与七を見る。

「俺、麩《ふ》の焼《や》きが食いたいなぁ」

麩の焼きは、うどん粉を水で溶いて薄く丸く焼いた生地に、山椒《さんしょう》味噌《みそ》と砕いたくるみを乗せてくるくると巻いた菓子だ。甘じょっぱい山椒味噌とくるみの香ばしさ、生地のほのかな甘みとがよく合って、それはそれはうまい。

「お、いいな麩の焼き！」

東仙は財布の中身を覗き込んだ。善次一人ならともかく、二人分ともなるとなかなか厳しい。天ぷらも団子も、当たり前だが一人一串ではなかった。土産の生姜が買えるだろうか。善次が駄々をこねる子供のように体を揺らす。

「いいじゃねぇか。今日まとめてた絵もきっと売れるぜ？　そのぐらいいいじゃあねぇか、なあ、青井《あおい》東仙先生よ！」

「青井東仙だと!?」

殺気立った声は、参拝客の人混みの中からだった。背後からぬっと伸びてきた太い腕が、善次の首根っこを摑《つか》んで簡単に投げ飛ばした。飛んだ方向の客が一斉に避け、善次は音を立てて地面を滑る。

「いってぇ」

「善さん、大丈夫かい？」

のんびりとした与七も、さすがに慌てて善次に駆け寄る。善次を投げ飛ばしたのは、六尺近い大男だった。眉が太くぎょろりとした目の厳めしい顔で、丁字色の着物の袖《そで》を捲《まく》っている。

「てめぇ、何しやがる！」

打った尻をさすりながら声を上げる善次を無視して、六尺の男は東仙へ近づいてきた。

「てめぇが青井東仙か！」

びりびりと、家が揺れそうなほどの大声だ。周囲から人が減っていくのと入れ違いに、お雪が駆けてきたが、近づけずに人混みの一番手前で足を止める。

「そうだが、俺に何の用だ」

肯定した途端、男は東仙の胸ぐらを摑んだ。とっさに男の手を摑んで止めようするが、力の差は歴然だ。足が地面から浮きそうになる。東仙、と叫んだのは誰だったか。声を聞き分ける余裕もなく、歯を食いしばって東仙は訊く。

「おめぇは誰だ」

胸ぐらを摑む手を緩めもせずに、男は答える。

「鹿又百行《かのまたひゃっこう》！　絵師よ！」

「絵師？」

東仙は目を瞠《みは》る。

「そうよ、絵師よ。てめぇと違って、真っ当なな！」

刹那《せつな》、東仙は投げ飛ばされた。空中で風を感じた直後、砂利《じゃり》の地面に体をしたたか打ち付ける。

「珍妙な絵ばかり描きやがって。てめぇがふざけた下手《へた》な絵ばかり描きやがるから、俺ら真っ当な絵師が迷惑してんだ！　今まで花鳥山水や幽霊画を描いてたやつらが、売れねぇからとてめぇの絵の真似まで始める始末よ！　てめぇの絵は、絵なんかじゃねぇ！」

仰向けに地面に転がり、東仙は空を眺めていた。雲のかたまりからちぎれた小さな雲が、広い空を綿毛のように漂っていく。近づいてくる足音が地面をつたって体に響き、次いで視界に現れたのは、心配そうに眉を寄せたお雪だった。

「大丈夫ですか、東仙さん」

「おう、どうってことねぇ」

答えて体を起こすと、お雪が戸惑ったように善次たちへと視線を投げた。頰の擦り傷に血を滲《にじ》ませながら、東仙は笑っていたのだ。声こそ上げなかったものの、腹を震わせて笑っていた。

「気でも触れたか」

百行の言葉に東仙は首を横に振り、お雪を下がらせる。長屋にある風呂敷包みの中身を見たら、百行は何と言うだろう。怒りのあまり言葉を失うかもしれない。

「いや、元から触れているか。そうでなきゃ、あんな絵は描くめぇ」

そう言うと百行は、ずんずんと東仙に近づいてくる。

「金輪際《こんりんざい》あんなふざけた絵が描けねぇよう、俺がその腕、折ってやる」

参拝客がざわついた。だが、百行が東仙に手を伸ばす前に、二人の間に善次が割り込んだ。

「なんだちび助。また投げ飛ばされてぇか」

善次とて背が低いわけではないのだが、百行と比べると一尺近い差がある。しかし善次は足を開いて弁慶のように立つと、一歩も退《ひ》こうとしなかった。

「投げ飛ばしてぇならそうすりゃいいさ。だがな、絵師ってのは腕っぷしでなるもんなのか？　ええ？　鹿又百行！　相手の腕を折れりゃ真っ当な絵師か!?　俺ぁそうは思わねぇな！」

百行に負けず劣らず、空気を震わすほどの声なのだが、少しばかり高いので迫力には欠ける。境内《けいだい》の銀杏《いちょう》の木から、烏《からす》がばさばさと飛び去った。

「絵師には絵師の、喧嘩《けんか》の仕方ってもんがあるだろ！　ええ!?」

「絵師の喧嘩だ？」と、百行は太い眉を片方跳ね上げた。

東仙が近寄ってみると、善次はにやりと笑っていた。何かを企んでいる顔だ。嫌な予感がする。

「そうよ！　絵師の喧嘩っつったら、絵の勝負に決まってんじゃねぇか！」

「いやちょっと待て善さん」

善次の肩を摑もうとした手はよけられて空を切り、東仙の声など聞こえなかったかのように百行は頷く。

「いいだろう」

「おい、俺はやるとは」

百行は東仙を横目で一瞥《いちべつ》して黙らせると、その目で善次をぎろりと睨《にら》んだ。

「だが、誰が勝ち負けを決める。まさかてめぇやその後ろの、鈍《どん》くさそうなのが決めるんじゃあねぇだろうな」

「そりゃあまさかだ」

「じゃあ誰が決める」

「そんななぁ、おめぇらで決めな。大工だって、建てたもんを見りゃあ建てたやつの腕がわかる。絵師だってそうだろうよ。描いてるとこを見りゃあ尚更だろ」

潔《いさぎよ》いといえば潔いが、丸投げといえば丸投げのこの案を、百行はすんなりと承諾《しょうだく》した。自信があるのだろう。己の絵を東仙が見れば、必ず負けを認めると思っているのだ。気が急《せ》いているのか、捲った袖を、さらに肩口までたくし上げる。

「いつだ。どこでやる」

「三日後の昼九つ、小伝馬町の文次郎長屋へ来な」

もはや東仙抜きで話は進んでいた。うきうきとした様子の善次とは反対に、百行は敵意を剝《む》き出しにして東仙を睨みつけた。

「首を洗って待っていろ、青井東仙。その日が、俺たち絵師の仇討《あだう》ちの日よ」

仇討ち。その言葉に東仙は目を見開いた。百行はそれだけ言うと、見物人たちの垣根にずんずんと分け入って姿を消した。離れて見ていたお雪と与七が、百行の去った方をちらちらと振り返りながら小走りにやってくる。

「すごい人でしたね」

「んだなぁ。平気か、二人とも」

「ああ、俺はな。それより善さん、どうすんだあんな約束しちまって。俺は長屋で騒ぎを起こす気はねぇぜ」

東仙の家は二人で絵を描くには狭いし、百行は声も大きく、あの様子だ。気難しい差配人の老婆も嫌がるだろう。長屋を追い出されるのだけは勘弁してほしい。

「なぁに、心配すんなって。ちゃんと考えてっから。あのばあさんだって祭りは好きだしな」

「祭りじゃねぇ、喧嘩だろ」

「俺らにとっちゃ祭りよ」

他人の喧嘩は祭りかい、と東仙は諦《あきら》めにも似た息を吐いた。その袖を、お雪が控えめに引っ張る。

「あの、あたしも旦那様も、お祭りがあるので行けませんけど」

こちらは本物の祭りだ。

「ああ、気にすんな。なんとかうまくやるさ」

「なんとかうまく、ですか？」

そう訊き返されても、それ以上の言葉は出てこない。お雪は心配しているというより、怒ったような顔をしていた。

「あの、東仙さん、さっき投げられたとき、どうして笑ってたんです？」

「ああ」と頷き、東仙は思い出してにやりと口元を歪める。

「思ったより早かったなと思ってさ」

「え？」

「しっぺ返しさ」

それにしても、絵師の仇《かたき》とは。大げさな言葉だ。東仙からすればそれは百行の買いかぶりでしかなく、自嘲《じちょう》するようにもう一度笑った。

恵泉堂《けいせんどう》の衝立《ついたて》の向こう、机の上に並べられた絵を見て、店主はしきりに頷いていた。立て掛けた畳《たたみ》から刷毛で塩を集める塩屋の男、烏と言い合いをする大工、障子に透ける青い月光。往来を行き来する人々の足だけが描かれた絵は、まる山《やま》と一緒に時雨堂の座敷に寝転がって描いた。これらはここ半月で東仙が仕上げた絵だ。絵を順に手に取り、細部までじっくりと見ると、恵泉堂の主人は満足そうに顔を上げた。

「いい出来ですよ東仙さん。これならまた売れるでしょう」

「そうかい」

「ええ、お客さんも喜びます。見る前にもう欲しいって言ってきてる人がいますからね。ああ、今のところ出家した人もいませんよ」

最後の一言に、東仙の頰が強《こわ》ばる。

「そりゃあ、なにより」

蚊帳《かや》のいらない季節になっても、恵泉堂の中にはうっすらと蚊やりの匂いが漂っていた。店先では煙吐き人形が、今日も玄鳥《つばめ》の顔をして、ゆったりとした仕草で煙管《きせる》を口元へ運んでは離す。特に不具合はないようだ。人形は今日も美しい。

絵を重ねて整えると、店主は下働きの男に表装を言いつけて絵を手渡した。座敷の隅には、ほかの絵師たちが描いた絵が積んである。それらはいわば順番待ちをしている絵だ。

店主が店に置くことを承諾しても、すぐに並べてもらえるわけではない。肉筆画は、紙一枚でそのまま売れる木版画とは違い、売れそうだと判断されたものから順に表装され、掛け軸となって初めて店先に飾る場所を与えられる。

積まれた絵の一番上に、松と鶴《つる》を描いた見事な絵があった。松の枝ぶりは龍のように雄々《おお》しく、つがいで描かれた鶴のうち、翼を広げている一羽は、今にも飛び立ちそうだった。絵に負けじと力強く書かれた雅号《がごう》を見て、東仙は驚いた。

「鹿又百行」

帳面に何やら記していた店主が顔を上げる。

「ああ、百行さんね。鹿又灯篭《とうろう》さんのお弟子さんですよ。うまいもんでしょう」

「ああ」と生返事をし、東仙は絵の束から百行のほかの絵を探す。梅に鶯《うぐいす》、牡丹《ぼたん》に孔雀《くじゃく》、鶏《にわとり》、芙蓉《ふよう》に鴛鴦《おしどり》。なるほど、正統派の花鳥画ばかりだ。

「血の気が多いんで、なかなか扱いには困りますがね、いい絵師になりますよ。それでまだ弟子入りして三年だってんですから。描き始めて日が浅いわりにはいい絵を描くでしょう」

「ああ、うまい」

「あなたも昔はそう言われてたんですよ」

思わず振り向くと、店主は心の内の読めない顔をしていた。口元は笑っているのだが、目にはなんともいえぬ表情が浮かんでいて、口と同じほどには笑っていない。冷や汗の出る思いで、東仙は百行の絵を元に戻した。

もう長いこと、花鳥画や山水画を描いていない。季節に合わせたものを描いたのですら、夏に団扇に描いた風鈴が最後だ。今朝は神棚に手を合わせてきたのに、迷いは何も変わっていない。

どうせ名を上げるなら、松山翠月《すいげつ》のような美しい花鳥山水を描いて有名になりたかった。そんな思いがまだ胸の内に残っている。だが己の描いた花鳥画が、今のように売れるとも思えない。何より、近頃は花鳥山水を描きたいと思えないのだ。描きたくなるのは百行の激怒するような珍妙な絵だ。うまい、きれいだ、美しい。そんな褒《ほ》め言葉から、どんどん離れていっている。

「ちょいと、旦那に訊きてぇんだが」

「なんですか？」

表情を変えずに店主は訊き返す。わずかに躊躇《ためら》ったあと、東仙は意を決して尋ねた。

「俺の絵をうまいと思うかい？」

店主は一瞬きょとんとしたあと、ぷっと吹き出した。

「おい旦那」

「ああ、すみませんね。でも、あたしに訊くんですかいそれを。そんな、うまいかどうかなんてね、わかりませんよあたしには。畑違いです」

店主が体を揺らして笑うものだから、東仙は顔が熱くなる。

「畑違いって、絵草子屋《えぞうし》だろ？」

「ええ、だからあたしにわかるのは、売れる絵かどうか、それだけですよ」

東仙は眉根を寄せた。次の言葉を探す中で先ほどの店主の言葉を思い出し、東仙は百行の松と鶴の絵を指差した。

「さっきあの絵をうまいと言ったじゃねぇか」

「ええ言いましたとも。松に鶴なら、正月前には必ず売れる。だからあたしはうまいって言ったんですよ。取り合わせがうまいってね」

後ろに絵が積んでいなければ、東仙は大の字になって倒れたところだ。なんだそれは。目眩《めまい》がして、東仙は結局、積んである絵を避け、手を広げず控えめに倒れた。

「あれどうしました」

「べつに」

苦笑混じりのため息が聞こえる。

「どうしました東仙さん。何かありましたか」

「いや」と、寝転がったまま首を激しく振った。

「いいんだ。今のことは忘れてくれ」

ぱたん、と帳面を閉じる音がして、そのあとに口を開いた店主の声は、物静かだがどっしりとしていた。

「絵草子屋ってのはね、世の流れを読む商売なんですよ」

「世の流れ」と呟いて、東仙は頭だけもたげて店主を見る。

「そう、世の流れですよ。まあ絵草子屋だけじゃないとも思いますけどね。あたしらにはね、誰かと同じ絵が欲しいときと、誰とも違う絵が欲しいときがある。欲しいってことは、そういう絵が売れるってことです。誰かの絵に似た絵が売れるときと、誰にも似てない絵が売れるときがある。あたしらは、その流れを読む。世の中がどっちへ流れてるのかってね」

首が疲れて、東仙は畳に頭を落とした。店主の言葉を、繰り返し飲み込む。

「じゃあ俺は」

「東仙さんのは、誰とも違う絵だから欲しい」

「それは俺の絵が珍妙ってことか。ふざけた絵ってことか」

東仙はふてくされたように言った。あの真っ当な花鳥画を見れば、鹿又百行の怒りはもっともだ。翠月の弟子だった頃に今の東仙のような絵を見ていれば、己だって憤《いきどお》ったに違いない。あれは絵ではないと。

「奇妙珍妙、ふざけた絵。どれでもかまいやしませんよ。今は東仙さんの絵が欲しい。今のところは、ね。それも流れ次第で、いつ変わるかあたしにゃわかりませんけどね。ともかく今は、東仙さんのあの絵が売れる。たまに注文もしてないのにあなたの絵を真似して描いてくる人がいますけどね、そんなのは売れないと突っぱねてますよ。わかっちゃいないんだ。あの絵はね、青井東仙が今このときに描いているから売れるんです」

むくりと体ごと起き上がると、恵泉堂の店主はいつになく厳しい目をしていた。商売人の目だ。上手《うま》い下手はわからないが値打ちはある。それが店主の結論だった。

絵草子屋は珍重し、絵師は憤る。そんな絵の値打ちとやらを、絵師自身はどう受け止めればいいのだろう。

「あくまで今のところは、ですよ。言ったでしょう。今だって一番なわけじゃあない。松山一門にあなたが敵《かな》いますか。鹿又灯篭にだって敵いやしませんよ。あの人は幽霊画の名人だ」

返す言葉もなく唸《うな》っていると、店主は急に表情と口調とを緩めて言った。

「何があったか知りませんがね、あまり思い詰めなさんな。今は世の中の流れに乗ったらいいんです」

「流れったってなあ……どこへ流れ着くか知れたもんじゃねぇ」

「さあ、極楽か地獄か。どちらにせよ絵師とあたしらは一蓮托生《いちれんたくしょう》ですよ」

店主はずるいことを言う。たとえ東仙のおかしな絵が売れなくなろうとも、ほかの絵師たちと恵泉堂は商売を続けられるのだから、東仙と恵泉堂とは対等ではない。どちらかといえば、

「毒を食らわば皿まで、だろう」

そう言うと、店主は愉快そうに笑った。

帰り際、店先の煙吐き人形に、東仙は九十両の遠さを思う。辿り着くまでに、己は何を描き、何を描かずにいるのだろうか。そもそも辿り着けるのだろうか。

「旦那」

「はい？」

秋の早い日暮れを気にしながら、店主はこちらを向いた。じきに古狸《ふるだぬき》になりそうな店主に訊いたところで、どうせはぐらかされるのだろう。そう思いながらも、東仙は訊かずにいられなかった。

「松山翠月……先生は、俺の絵を見たのかい」

にこりと、仏のような顔で店主は微笑《ほほえ》む。

「あまり思い詰めなさんな」


鹿又百行との勝負の日の朝、東仙は紙の破れる大きな音で目を覚ました。つい先日まで注文の絵を描いていた東仙は、描きかけの絵を破ったかと慌てて飛び起きたが、辺りには描きかけの絵などなかった。代わりにあったのは、出入り口の腰板障子を破って生えた一本の腕だった。腕が引っ込むと、空いた穴から善次が顔を覗かせて笑う。

「起きたか東仙」

「善さん、何やってんだ朝っぱらから」

呆《あき》れて肩を落とした東仙が出て行くまでに、善次はもう二つ穴を増やしていた。

「善さん」

たしなめようとした東仙に、善次は子供のようにきらきらとした顔で言った。

「東仙、障子張り替えるぞ。障子に絵を描くんだよ、お前と鹿又百行で」

「障子?」

掛け合いの声が聞こえて外を見ると、隣の空き家の腰板障子はすでに外されて、お景とおかつが真新しい障子紙を張っている。

「おかっちゃん、そっちもっと引っ張って」

「こうかえ、お景さん」

「次はおめぇんちだからな。剥《は》がしとかねぇとな」

そう言うと、善次は「行灯張り替え〼《ます》」の文字をびりびりと破いた。東仙は思わず声を上げる。

「あ、おい善さん」

「今年の冬は、もう行灯張りなんざぁやらねぇだろ」

それはそうかもしれないのだが、まだやめるとも決めていない。家の中にはまだ、行灯張りと団扇売りの材料や道具がそのまま置いてある。煮え切らないその態度を見かね、善次は東仙の尻を音高くはたいた。

「いてぇ！」

「さっさと仕度しねぇか、青井東仙よ！」

空き家の障子を張り終えた女二人は、嘉助夫婦の家で何やら煮炊きを始めた。嘉助の話では、お景は昨夜、鼻歌を歌いながら栗《くり》の皮を剥いてあくを抜いていたという。

「ありゃあ栗おこわだな。お景の栗おこわを食いながら絵師の勝負が見られるってのに、仕事なんざ行く馬鹿《ばか》がいるかい」

伊作も同じことを言っていた。伊作は十九のおかつより十も年上で、いつもは女房や長屋の若い連中を一歩引いて眺めているのだが、今日は自分から、東仙のところの障子を剝がしにかかっている。煙管をくわえ、細い目をさらに細めて心なしか浮かれているようだ。善次だけではない、長屋の住人たちにとって、今日の喧嘩は本当に祭りなのだ。

東仙は筆や硯《すずり》を整え、たすき掛けをして神棚に向かって柏手《かしわで》を打った。神棚には、冷やかされながら買った千木箱が一つ置いてある。今はまだ渡しに行けない。今渡したら、玄鳥に良縁が転がり込んでしまうかもしれない。それでは困る。迷いながらも描くのをやめない理由の一つは、あの娘にあるのだ。

善次と伊作が手際よく張り替えた障子をがたがた言わせて立てていると、その音を聞きつけたか、差配人のおしずの家の戸が開いた。おしずは桧皮《ひわだ》色の着物の裾を翻《ひるがえ》し、長屋の路地まで進み出て腰に手を当てた。六十過ぎで瘦《や》せているが、背筋はまっすぐで、白い髪に鼈甲《べっこう》だか馬の爪《つめ》だかわからない櫛《くし》を挿している。

店賃《たなちん》の取り立てや長屋の揉《も》め事の仲裁などを家主の文次郎から任されているのがこのおしずだが、二人が話しているところを見ると、いつも文次郎ばかりが頭を下げている。謎の多い老婆だ。唯一はっきりとわかっているのは、年寄り扱いされるのが大嫌いということだ。

「なんの騒ぎだい、こりゃ」

険しい顔のおしずに、善次が軽い調子で答える。

「祭りだよ祭り！　ばあさんも好きだろ！」

途端に火の点いたようにおしずの顔が真っ赤になった。

「善次！　何度言ったらわかるんだい！　ばあさんはよしなって言ってるだろ！」

だが善次は怒鳴り声など屁とも思わぬ様子で、子供のように唇を尖らせた。

「なんでぇ、ばばあからばばあを取ったらなんにも残らねぇじゃねぇか」

これには長屋の面々もまいった。各々《おのおの》太ももをつねったり頬の内側を嚙《か》んだりして笑いを堪《こら》えていたが、口は抑えられても肩が震えるのは止められない。煙管をくわえた伊作がおかしな煙を吐いた。

「善次ィ！」と、おしずは頭から湯気の出そうな勢いで言う。

「次言ったら店賃倍にするよ！　覚えときな！」

「おうよ！　追い出しゃしねぇんだな！　ありがとよ！」

にかっと歯を見せて笑う善次に、おしずの怒りはいなされてしまったらしい。ああもうばかはいやだ、と疲れたように顔を擦り、その顔を上げると空き家の障子が張り替えられているのに気づいた。

「ありゃ何してんだい」

「だから祭りだって言ったろ？　絵師がここで勝負すんのよ」

「絵師？」

おしずはちらりと東仙を見た。

「東仙かい。相手は誰だね」

善次は芝神明での出来事をおしずに話して聞かせた。六尺の大男に善次と東仙が投げ飛ばされ、危うく腕を折られそうになった東仙を庇《かば》い、善次が今日の勝負を提案した、という話の流れは間違っていないのだが、内容は善次の活躍を中心に大きく膨らまされていた。東仙は時折与七と顔を見合わせては、互いに苦笑した。だが、善次が百行の振る舞いまで膨らませ過ぎたか、話を聞いたおしずは不愉快そうに顔をしかめた。

「そんな乱暴者はここには入れられないね。木戸で追い返すよ。あたしゃ乱暴者は大嫌いなんだ」

善次がしまったという顔をした。慌てておしずをなだめようとする。おしずはそこらの年寄りより人一倍頑固だ。

「いや、乱暴者っつってもそこまでじゃねぇんだ。ちょいと言い過ぎたかな」

おしずはずいと身を乗り出す。

「あたしゃ嘘《うそ》つきも嫌いだよ」

「嘘じゃねえ。けどよ、ええと」

善次が目で助けを求めてくるが、さてどうしたものか。東仙は与七を見、与七は何も考えていない顔で善次を見る。視線は三者の間をぐるぐると回るばかりだ。

その様子を見たおしずが、堪《こら》え切れなくなったようにふいに笑い出した。

「お、おしずさん?」と、善次は年寄り呼ばわりすることも忘れて呟く。

「なんて顔してんだい善次。あたしゃ嘘つきと乱暴者は嫌いだがね、調子者と喧嘩と祭りは好きなのさ」

少ない歯を覗かせてにっと笑うと、おしずは急に生き生きとして腕まくりをした。

「おもしろそうじゃないか! なんで今日まで教えなかったんだえ! あたしゃね、絵師が絵を描くところを見るのが昔っから好きなのさ。好きにやんな、文次郎に口は出させないよ。ああ、茂吉《もきち》はこんな日に働きに出てんのかえ。ばかな子だよ」

向かいの枇杷《びわ》の葉売りの家を横目で見ると、くるりと振り返って言う。

「東仙、負けんじゃないよ! 乱暴者の絵師なんざね、筆で叩きのめしてやんな!」

「あ、ああ、はい」

　おしずの気迫に気圧《けお》されつつ、東仙は首をがくがくさせて頷いた。おしずはきびきびと指図して与七に小さな床几《しょうぎ》を運ばせ、二軒の戸口の腰板障子が一番よく見える位置に陣取った。男衆は顔を見合わせて、やれやれと息を吐く。

「善さん焦ったぜ。何やってんだよ」と、東仙は家の上がり口に座り込み、小声で言った。伊作が頷く。

「まったくだ。その前のばばあのくだりからな。俺ぁ火種を吸い込むかと思ったぜ」

　善次はけらけらと笑いながら、終わりよければすべてよし、と張り替えた最後の障子を東仙の家の戸口に立てる。二、三度滑らせ、最後にぴしゃりと開けて、東仙を見る。

「どうよ」

　ぴんと張られた真新しい障子紙は、東仙のというより、善次の自信の表れのようだった。善次の顔は晴れ晴れとしていて、東仙が負けるなどと微塵《みじん》も思っていない。だからこそ、長屋の皆を巻き込んでこの喧嘩を祭りと呼んだのだ。

「ああ」

　清々《すがすが》しい白さだ。ちょうど秋の日差しの色だ。東仙は膝《ひざ》についた両手に力を込めて立ち上がる。

「いい絵が描けそうだよ」

「そうだろ」

当たり前だというように善次は笑い、その向こうでは嘉助と与七が路地にゴザを敷いていた。ゴザが塩だらけなことに嘉助が文句を言うと、それは塩屋のだからだと与七がへらへらと返す。おしずは早くも茶を片手に、お景の買ってきた饅頭《まんじゅう》を頬張っている。

「まああだね。こりゃどこのだい」

「角にできた伊野屋《いのや》だよ。あそこの饅頭は皮がいいのさ。たんと食べとくれ」

「お景さん、俺んちに柿《かき》があんだ。ちと焼いてくれねぇか。俺ぁ焼き柿が大好物でよ」

「だったらあたしが焼いたげるよ善さん。お景さんちはかまど使っちまってるからね」

そうしておかつが焼いた柿の、濃く甘い匂いが辺り一帯に漂う。

鹿又百行は、正午の鐘が鳴るのと同時に長屋の木戸をくぐってやってきた。住人たちが勢ぞろいしていることと甘い匂いとにいささか面食らっていたが、東仙を見ると思い出したかのように、そのぎょろりとした目に闘志がみなぎった。路地も各家の間口も狭い長屋では、百行の体は余計に大きく見えた。

「おめぇはこっちの障子に描いてくんな」と、善次が空き家の戸口を指す。

「二枚とも使ってくれ。安心しな。細工なんざしてねぇ」

それに対し、百行はふんと鼻を鳴らす。

「わざわざ言うたぁ怪しいじゃねぇか」

「ばぁか、そんなこたしねぇよ。正々堂々の喧嘩に細工するほど野暮《やぼ》じゃねぇや」

野暮かどうかというより、善次は祭りがおもしろくなることしか考えていないだろうに。百行と目が合い、東仙は片手を上げたが、百行は一瞥しただけで持ってきた風呂敷包みを解き、絵の仕度を始めた。

「逃げなかったのはほめてやるぜ。青井東仙」

「そりゃどうも」

「だがなんだ、そのまぬけな面《つら》は」

「まぬけ？　まぬけか？」

振り向いて訊くと、与七は「いつもの面だ」と頷いた。

「俺はいつもまぬけか」

一応今朝までは緊張していたのだが、善次とおしずのやり取りや焼き柿の甘い匂いで、自分でも気づかぬうちにほぐれたらしい。与七は笑ったが、百行はおもしろくなさそうに、また鼻を鳴らした。

女たちも一旦手を止めて出てきて、長屋の住人が揃《そろ》ったところで、東仙と百行は彼らに背を向け、それぞれのあてがわれた腰板障子に向かって路地に立った。下駄《げた》の歯の下で、湿った日陰の土が、じゃりと音を立てる。まだ筆は持たない。善次が咳払《せき》いを一つした。

「使っていいのは墨だけだ。色はなしだぜ」

「こんなとこに描くのに絵具なんざ使うか、もったいねぇ」

悪態をつく百行は無視して、善次は合図を出す。

「よし、始め！」

すぐさま百行は筆をとった。下に置いた硯から、墨の滴《したた》る筆を一気に持ち上げた。腕の起こす風と墨の香《か》が、東仙のもとまで届くほどに、隣り合った家は近い。百行の使う墨の香りは、東仙のそれとは違う香りがした。筆の先が触れたところからまっすぐ下に流れる墨を、百行は素早く横に筆で導き、下まで垂れないように描いていく。墨の細かな飛沫《しぶき》が、東仙の着物に跳ねて地の黒と一つになる。

「ちっ、描きにくいぜこりゃ」

垂直に立つ障子だ。苦戦するのも当然だろう。だが百行はどんどんと描き進め、絵が徐々に姿を現していく。長屋の住人たちから、おお、と声が上がる。百行の絵ができあっていく様子を、東仙は腕組みをして眺めていた。うねる幹と、ねじれた横枝。松だ。手本になるようないい松だ。恵泉堂で見た百行の絵も、松に鶴の絵組みだった。得意な画題に違いない。

「うまいもんだな」

口から自然とこぼれた言葉だった。百行がぎろりとこちらを睨む。

「もう勝負を捨てたのか」

「まさか」

東仙は何を描こうか決めていなかった。それが百行の松の絵を見て、ぽんと決まった。百行が松なら、俺は竹にしよう。俺の知っている竹を描こう。東仙は筆をとった。

右側の面に、さらさらと竹の葉を描いていく。なるほど、これは描きづらい。細かなところを描くときには、墨が掠《かす》れるくらいでちょうどいい。筆に含ませた墨が多いと、先ほどの百行のように紙の上を垂れていってしまったり、紙に穴が空きそうになったりする。その上日当たりが悪い分、乾くのも遅くて墨が広く滲む。

竹の葉を描き始めたときには後ろから声援や歓声が聞こえたのだが、声はだんだんと絵に関係のない方向へ進んでいった。

「お、善次、自分だけ酒とは憎たらしい」

「焼き柿で飲んでんのか。どれ、俺にも柿をくんな善公」

「ちっとだぞ。俺のだからな」

「焼いたのはうちのおかつよ」

一方で女三人は、百行の見てくれについてひそひそと言い合っているのだが、狭い上に声を抑え切れてもいないので丸聞こえだ。

「絵師にもいろんな人がいるんだねぇ。筆を折っちまいそうな人だ。図体《ずうたい》も大きいし、東仙さん、とって食われりゃしないかねぇ」

「やだよおかっちゃん。喧嘩っていっても紙の上の喧嘩だよ。図体がでかけりゃ上手いわけでもなし。でも東仙さんも頼りないからねぇ。髷《まげ》も結わないし、絵師の先生らしくはないもの」

「ふん、東仙とあれとじゃあ、どっちもどっちだよ」

「そうだなぁ」と最後に言ったのは、なぜか女の輪に入っている与七だった。

百行がだんだんと苛立《いらだ》ってきているのは、そちらを見ずとも東仙にはわかった。筆の運びが著《いちじる》しく遅くなっている。

「ったく、なんて長屋だここは。絵師が描いてるってのにろくに見もしねぇ」

それが東仙には気楽この上ない。文次郎長屋はいつも通りだ。東仙の筆は風に揺れる竹の葉を、右の障子を埋め尽くすように次々と描いていく。百行がその絵をじっと見、不服そうに言った。

「思ったよりやるじゃねぇか」

「そうかい」

「葉っぱはいいさ。だが変だな。なんで上の方ばかり描いていやがる。枝の分かれるとこがそんな下じゃねぇか」

東仙の描いた竹は、腰板障子の板と障子紙の境の、すぐ上から枝分かれしていた。描いているのはほとんどが葉なのだ。

「竹は根元を描いてこそよ」

「根元なんざねぇよ。こいつは二階から見た竹だからな」

百行が訝《いぶか》しげに眉を寄せた。

「二階から見た竹?」

「そうさ。ほら、ここに屋根がある」

ぎっしりと描いた竹の横、障子紙の下の方へ、わずかに見える瓦《かわら》屋根を滑らかな筆捌《さば》きで描く。

「こいつはな、俺が江戸へ出てきたその日に見た景色さ。道でぶっ倒れて、気づいたら料理屋の二階にいた。そこから見えたんだ」

赤らんだ顔の兄弟子の向こうに、広がる空と屋根と竹とが見えた。

「かーっ」と、百行は大げさに体をよじる。

「てめぇのそういうところが嫌なんでぇ！　小賢《こざか》しい絵を描きやがって！」

吐き捨てるように言って再び自分の絵を描き進めるが、百行の筆は松を仕上げたところで止まった。障子を凝視するように固まったままの百行の頬が、苛立ちでひくひくと動いている。けして黙ることのない長屋の連中の話し声で、気が散って仕方がないのだ。自分の絵を褒めるような声ならば気にかかりはしないのだろうが、連中の会話は絵から離れたきり戻ってこない。

その背後をちりんちりんと小さな鈴の音が通ったかと思うと、話し声は輪をかけて大きくなった。

「おお、こりゃ時雨んちの猫じゃねぇか。たしか、まるとか言ったか」

「善次知ってんのか。黒猫かぁ、でっぷりしてんなぁ。おい、お景、猫が来たぞ」

「ええ？　あらほんと。可愛《かわい》い猫だねぇ。お雪ちゃんがかわいがってるって子だろ？　おかっちゃん、ほら、まるだって」

「ほんとまるくて狸みたいだねぇ。ああ、ゴザに座った。そこはしょっぱいだろうに」

筆を止めてちらりと振り返ると、猫にそれほど興味のない男衆が、今度は歌舞伎の真似事を始めていた。酔いが回ってきたようだ。團十郎《だんじゆうろう》になりきって見得を切る善次の後ろでは、まる山《やま》が尻尾《しつぽ》でゴザをぱたぱたとはたき、焼き柿に塩と埃《ほこり》をかけていた。東仙は他《ひ》人事《とごと》のように言う。

「仕方ねぇ。今日は祭りだからな」

「祭りなもんかよ。喧嘩だっつったのはあいつだろう」

うるせぇ、と一度百行が怒鳴ったが、まる山すら微動だにしなかった
「顔でも洗ってくらぁ」と大きなため息に乗せて吐き出し、気の毒な百行はその場を離れていく。東仙は苦笑して井戸へ向かう背を見送ると、絵に向き直った。筆をとり、竹と屋根の絵に雀《すずめ》を描き足そうとして、ふと違和感に手を止める。

思い出してみる。江戸の往来で倒れたあの日、目覚めたとき、雀は飛んでいただろうか。鳴いていただろうか。雀などごまんといるのだから、あの辺りにもいたに違いない。だが東仙の記憶の中には、雀の姿も鳴き声もなかった。東仙は躊躇う。この絵に必要なのは雀ではない。

ふと隣の空き家の腰板障子を見ると、色濃く茂った松の木が目に留まった。左の障子一枚を丸々使い、右の障子にまで枝がはみ出している。百行はおそらく、鶴を描くつもりだ。空いている紙の割合を考えると、大きめの何かを描かなければ釣り合いが取れない。だが東仙の見たところ、描かれているのは夏の松のように思えた。葉の密度が濃く、今まさに伸びている最中の松だ。近寄れば鼻の奥まで通るような匂いがするのだろう。

東仙の脳裏《のうり》に浮かんだのは、二年前の夏に見た松だった。あれはどこの寺の松だったか。降り注ぐ蟬《せみ》しぐれの中、向かい合う相手のいなくなったあとも、東仙は頭を下げ続けていた。

東仙は面相筆をとる。そっと背後を見ると、顔を洗った百行はおしずにつかまり、饅頭を食べさせられていた。こちらに背を向け、茶まですすっている。おしずは百行の食べっぷりを気に入ったのか、もっと持ってこいとお景に催促《さいそく》している。

「ばあさん、俺は絵を描きに来たんだ。饅頭食いに来たんじゃねぇよ」

不用意なことを百行が言ってしまったものだから、そこから先は説教に変わった。百行はつくづく気の毒だが、これは好都合とばかりに、東仙は硯を持って空き家の前に移動する。気づいた善次たちがお互いに顔を見合わせて空き家の障子を凝視する中、東仙は松の幹へと向かった。

「あぁっ！」

しばらくして戻ってきた百行が、障子を目にした途端、声を上げた。

「てめぇ！　何しやがる！」

百行の指差した先、松の幹には、一匹の蟬がとまっていた。百行の描いた松の樹皮の模様を利用しつつ、黒い頭の部分は塗り潰すように、羽にある蜜柑《みかん》の粒のような模様は、細い線を足して透けるように描いた。

「何って」と、蟬の真っ黒な目玉を慎重に描いて、東仙は振り向く。

「絵ぇ描いてんだよ」

「自分のとこに描けばか野郎！」

開き直る東仙に、百行は正論で返す。

「いいじゃねぇか。松にだって蟬はとまるだろう。松を見てたら蟬を描きたくなっちまったんだ」

我ながら横暴な言い種《ぐさ》だと思うが、もう描いてしまったのであとには引けなかった。

「竹にだってとまるだろうよ！　竹に描け！　ああくそ、俺の絵をこんなんにしやがって！　俺ぁこれから」

「鶴を描く気だったたんだろ」

図星だったらしい。百行は言葉を失った。

「悪《わり》ぃがそっちに描いてくれ。好きなもん好きなだけ描いていいからよ」

「てめぇ！　ふざけんじゃねぇぞ！」

喧嘩らしい言葉の応酬《おうしゅう》に、長屋の連中がやんややんやと囃《はや》し立てる。

「おお！　いいぞいいぞ、描いちまえ！　俺が描いてやろうか！」

「うるせぇ！　俺が描くんだよ！　酔っ払いは黙ってろ！　いいか、黙ってろよ！」

半分は切実な叫びだった。売り言葉に買い言葉で描くと言ってしまった百行は、やけになったか東仙の絵に躊躇《ちゅうちょ》なく筆を入れた。竹林の隣、瓦屋根の上に鶴の姿を描いていく。

「なんだこりゃあ」

眉間に深くしわを刻み、描きながら文句を言っている。

「見たことねぇぞこんな絵は」

「俺もねぇ」

東仙はなんだか楽しくなってきて、笑い混じりに答えた。

「だが悪くはねぇ」

その言葉にほんのわずかの間、百行が手を止め、東仙を見ていた。横っ面に視線を感じて振り向いたときには、百行の目は自分の鶴の絵に向いていた。悪くねぇさ、と、東仙はもう一度呟いた。

笑ってはいても、細い筆の先が蟬を形づくっていくほどに、胸を抉《えぐ》られるような思いだった。きっと何年経とうとも、あの日の蟬の声だけは忘れないだろう。耳の奥に蟬の声が聞こえ、風は涼しいのに汗が噴《ふ》き出た。他人の描いた松は己の手で描く松よりも硬く感じ、この絵の中で蟬だけが生きているように思われた。蟬だけが、東仙の目には浮かび上がって見える。まるで覗きからくりのようだ。お染久松の一場面が浮かぶ。

久松《ひさまつ》つぁん、来世では、きっときっと一緒になろうね。

自分ならばこう返す。

来世までなんて待ってられるか、と。

胸の内はじくじくと痛んでも、そこに暗い迷いはなかった。己が一本に繋《つな》がった長い年月を生きてきたのだという実感があった。東仙はあの夏の蝉の声を忘れない。だからこそ、今この蝉の絵が描けるのだ。

蝉を描き上げ、筆を絵から離したとき、東仙は一人感慨《かんがい》深い思いに浸《ひた》っていた。己の中にある苦い記憶や思いを、絞り出すようにして蝉はこの世に姿を現した。

東仙は声を上げて笑った。これでいい。いい蝉だ。いい蝉が描けた。

「なんだ?」と、隣で怪訝《けげん》な顔をする百行に、わざと大げさに笑って見せ、東仙は太い筆に持ち替えた。

「松に竹ときたら、梅もなくちゃおかしいよな」

声を弾ませてそう言うと、松の木の隣に梅の花を描く。

「あ、てめぇ、なら俺は牡丹よ」

応じた百行の筆で、屋根の上に牡丹が咲く。

「じゃあ俺は孔雀だ。ああ駄目だ。首しか入らねぇや」

「ならなんで描くんだてめぇは！」

障子の端から、孔雀が顔だけ覗かせた。現実を描いたはずの絵は、ありもしない景色へと変わっていった。東仙はずっと、笑いながら描いていた。

次第に描き疲れ、二人はともに地べたにどさりと腰を下ろす。日当たりの悪い土は冷たくて、それが熱くなった体に心地良かった。百行が呆れた様子で笑みを浮かべた。

「こんなもんはらくがきよ」

「そうか？　いい絵だと思うぜ、俺は」

「どこがだ」

葉を茂らせる竹藪《たけやぶ》の脇の瓦屋根には鶴がいて、空に向かって鳴いている。その足元の瓦からは大輪の牡丹が咲き、背後には仙人でも住んでいそうな岩山が見える。一方、隣の空き家の障子には、太い松の幹にはりつく一匹の蟬、その横には松に対して大きすぎる梅の花が咲き乱れる。その梅を眺めるかのように孔雀が三羽、障子の端から首だけ伸ばしているが、うち一羽はなぜかじっとこちらを見ている。

「いい絵さ。文次郎長屋の祭りにはお誂《あつら》え向きだ」

呆けたように口を開けて両方の絵を眺めた百行が、ふいに声を上げて笑い出した。体が大きければ声も大きい。雲を吹き飛ばすかのような豪快な笑い声だ。長屋の住人たちが集まってきて、どの絵がどうだと口々に評し始める。嘉助夫婦の家の連子窓《れんじまど》からはもうもうと湯気が立ち昇り、おこわが蒸《ふ》けたことを告げている。

百行は腹の中を空にするほど笑ったあと、鼻から深く息を吸い、一気に吐いた。

「てめぇでてめぇの絵をこんなに笑ったのはガキの頃以来だな。おもしれぇ。おめぇはよ、おもしれぇからこんな絵ばっかり描いてやがんのか？」

あぐらを搔いて、気さくな調子で言う。百行の語気から、初めて怒気が抜けていた。

「そう見えるのか？」

「ああ。違うのか？」

「おもしれぇ、ってのは違うな。絵を描いてておもしれぇと思ったのは、描き始めた頃だけだ」

まだ翠月の屋敷に住んでいた頃のことだ。あの頃は褒められることが多く、自分でもどんどん上手くなっているのがわかって楽しかった。

「今は違うな」

己の絵が今も上達しているのかはわからない。だが、描きたくてたまらないときがある。そんなとき、東仙はその衝動に任せて描いている。

「描きたいもんを描きたいときに描いてる。それだけなのに、いつもおかしな絵になっちまう。俺もわかってんだ、自分の絵がおかしいことぐらい。それでも俺は、自分の目で見たもんを描きてぇんだ」

今日の蟬はそうして生まれた。

お雪が朝顔の団扇を見たとき、ジョウゴのようだと言った。それは、東仙が朝顔を見ていなかったからだ。もちろん、花として目にしたことはある。だが入谷《いりや》の植木屋ほどには朝顔を見ていなかった。花びらが女の肌に似ていることなど知らなかった。

まる山が虎《とら》に見えた。古井戸の底から月を見上げた。玄鳥の背中を見た。それらを描きたいと思ったときから、何かが変わったのだ。頭の中にだけ存在する美しいものは、きっともう描かない。

「はっ、それで松に蟬かい。なるほど、なるほど……と」

自分の目で見たものを描く。どれだけ身の内が痛もうとも。

「俺の鶴をどう思う」と、百行が声を低くして訊いた。

「いい鶴だ。手本みてぇだ」

「ああ。それがまずい」

「まずくはねぇさ。そういう絵師も要る」

「慰《なぐさ》めんじゃねぇよ、このひねくれ絵師が。何様のつもりだ」

そう言うと立ち上がり、腹いせか東仙の方に向けて着物についた土をばさばさと払った。

顔に土が飛んできて、東仙は目を瞑《つむ》って手で庇う。

「あ、おいやめろこら」

百行は乱暴に荷物をまとめると、宣言するように大声を上げた。

「俺は帰《け》ぇるぜ！」

「おう、また来いよ！」と善次が言う。

「んなとこ二度と来るかばか野郎！」

大股で目の前を過ぎていく百行を、東仙は木戸まで追いかける。

「おい勝負は」

「けっ、何を今さら。喧嘩を祭りにしたのはてめぇも同じじゃねぇか」

たしかに、先に相手の絵に筆を入れたのは東仙だ。

「それはそうだが」

「いいんだよもう。それに俺ぁ、一つ決めたんだ」

そう言うと、百行は口の端でにっと笑った。

「てめぇの真似をしてる絵師を見つけたら、次からはそいつをぶっ飛ばす。そんなもんに値打ちはねぇっつってな。てめぇはこのまま、描きてぇもんを描いてりゃいいさ」

「百行」

「はいよおさらば。おさらばよ」

後ろ向きに手を振り去っていく。その実にさっぱりとした後ろ姿を眺めていると、百行の脇を小走りに抜けてお雪がやってきた。

「お雪、だらだら祭りはどうした」

「気になるから見てくるようにって旦那様が。東仙さん、負けたんですか？」

お雪が哀《あわ》れむような目で言うので、東仙はがっくりと肩を落とした。絵が売れるようになっても、お雪からの評価はいまだに低い。

「なんで俺が負けると思ったんだよ」

「だって百行さん、清々しい顔してましたよ」

墨の跳ねた手をぼさぼさの髪に突っ込んで搔き、東仙は苦笑する。

「勝ったやつも負けたやつもいねぇよ」

「どういうことです？」

「善さんがこれは祭りだって言ってたろ。俺も乗せられたかな。勝負そっちのけで描きたいもんを描いたら、俺と百行の絵は余興になっちまったよ」

「あらまぁ」

納得したのかしないのか、お雪は東仙の顔と去っていく百行の背中とをしばらく見比べていたが、やがて思い出したように声を上げた。

「そうそう、まる山、来ませんでした？　物を取りに時雨堂へ戻ったらいなくて」

「ああ、来てるぜ」

木戸をくぐって戻ると、長屋の面々は筆を持ち、好き勝手に障子に絵を描き足していた。

「これがお祭りですか」と、お雪がくすくすと笑う傍《かたわ》らで、東仙は思わず頭を抱えてしゃがみ込んだ。善次が東仙の家の障子に、何か妙なものを描いているのが見えたのだ。

「おう東仙！　絵ぇ描くのはおもしれぇな！」

顔に墨をつけ、竹の隣の空に細長い生き物を描いている善次に、下から与七が言う。

「善さん、蛇《へび》に足はないよ」

「ばかやろ、こりゃどう見ても龍だろう。おめぇこそ、鶴の足元にかたつぶりなんざ、鶴のエサか」

与七はにこにことして答える。

「俺、かたつぶりみてぇだって、よく言われるからさぁ」

空き家の方には伊作とおしずとが、やはり思い思いに絵を描いていた。伊作は柿の絵の横に、「甘しはうまし」などとうまくもない言葉を添え、おしずは梅の木の傍に遊女の絵を描いていた。これがなかなか妖艶だった。

「おしずさん、上手いんですね」

お雪が言うと、おしずは得意げに、腰に手を当てて振り返った。

「佐波屋《さはや》の桔梗《ききょう》だよ。あたしらの若い頃は人気があってね」

「へえ」と、善次が横から首を伸ばす。

「なるほど、美人だが大昔の顔だな」

「この……善次ィ！」

明るい笑い声の起こる中で与七がお雪に筆をすすめたが、もう障子は描く隙間《すきま》もないほどいっぱいだった。そうだ、と言うと、お雪はゴザの端で眠っていたまる山の脇の下に両手を入れて抱き上げる。まる山は後ろ足をじたばたさせて抵抗したが、びろんと伸びた体のために、足はどこにも届かなかった。

「与七さん、ここに墨塗って」

「はいよ」

与七がまる山の前足の裏に墨を塗ると、お雪はその足を持って、絵の隅にぺたりと押した。もう一方の絵にも押して、満足そうににこりとする。

「これでよし」

四つの指のある足跡は、まるで落款《らっかん》のようだ。

「猫が描いた絵みてぇになっちまったな」

長屋の面々が笑い、まったくだ、と東仙も笑う。そこへお景とおかつが、盆一杯の栗おこわの握り飯と、かまぼこと生姜の煮物を持って出てきた。醤油《しょうゆ》のいい匂いがする。

「やっと炊けたのに、あの人、帰っちまったんだってね。絵師ってのは描くのが早いんだねぇ」

お景は残念そうだった。

「東仙さん疲れたろ。たくさん食べとくれ。お雪ちゃんもね。生姜は東仙さんの芝土産だよ。やっぱり芝の生姜はいいねぇ」

そう言うと、飛びつくように手を伸ばした男衆を端から叩いて回る。

「あんたたちはなんで腹が減るんだい！　何もしてないだろ！」

かまぼこがあっという間になくなって、おかつが慌てておかわりを取りに行っている間に、東仙は残っていた生姜の欠片《かけら》を齧《かじ》った。醤油とみりんの染みた甘じょっぱい生姜は、嚙むうちにぴりりと辛みが出てくる。ほのかな甘みのある栗おこわの握り飯と、交互に口に運ぶ。

今年はいい秋だ、と誰かが言った。栗に柿、もち米も生姜も上々だ。酒はいつだってうまい。

東仙は長屋の細い空を見上げる。そういえば、芝神明に祀られている豊受大神《とようけのおおかみ》は食べ物を司《つかさど》る神だった。いくら手を合わせても、はじめから絵の迷いの晴れるはずもなかった。だがこんなご利益も悪くない。柔らかく蒸けた栗の実を飲み込んで、東仙は空を仰いだ。文次郎長屋にもようやく光が差して、影は東へよく伸びる。

「ああ、いい秋だ」と、東仙も言う。

去年より、ずっといい秋だ。

寒椿

雪見とはあまり利口《りこう》の沙汰《さた》でなし

誰かが詠《よ》んだ歌にあるが、その通りだと東仙《とうせん》は思う。朝起きたら外はやけに静かで、雀《すずめ》の声すら聞こえなかった。賑やかな絵の透ける腰板障子《しょうじ》を開けてなるほどと思う。辺り一面真っ白だ。井戸端にはまだ誰の足跡もなく、文次郎長屋《もんじろうながや》の面々は、自分の家から出たものの数歩で引き返したのだと、雪に残る足跡を見てわかった。

今年最初の雪だ。ああ、雪だ。

感嘆のため息は白く目に見えて、東仙は頬《ほお》を切るような冷気に身を縮めた。土間の隅《すみ》に置いていた高下駄《げた》を、高く打ち鳴らして埃《ほこり》を払い、へへ、と一人笑う。

雪だ。

胸が高揚《こうよう》して、よく考えもせずに懐《ふところ》に紙の束と矢立《やたて》とを突っ込み、ありったけの着物を重ねて着ると、蓑《みの》を被って飛び出した。雪は高下駄の歯の付け根まで積もっていて、時折雪が触れる爪先《つまさき》から、赤くじんじんと冷えた。東仙の通ったあとには、二本歯の下駄の跡がつく。

今日はどの店も開けることはできないらしい。住み込みの奉公人たちが店先の雪掻《か》きをしているが、どうせこれでは誰も来ないと、交代で火鉢にあたりに行く。それを怒られて、仕方なくまた雪の中へと出てくるが、今日のところは奉公人たちが正しいようだ。

朝早いのもあるだろうが、人っ子一人歩いていない。棒手振《ぼてふ》りにとっては好都合だ。長屋の中まで入っていけば、外へ出られないかみさん連中が、こぞって買いに来るだろう。豆腐《とうふ》がきっとよく売れる。こんな日は、雪のように白い湯豆腐をつつきながら、炬燵《こたつ》で一杯やるのがたまらない。

ときどき立ち止まっては、交互に片足立ちになり、下駄同士を打ちつけ合って、二本歯の間に挟まった雪を落とす。こうしないと、歯の間で雪のかたまりがどんどん大きくなり、しまいには歩けなくなってしまうのだ。面倒なことさえも楽しいと思うのは初雪故《ゆえ》だ。

両国橋《りようごくばし》を渡って隅田川《すみだがわ》の東へ出る。橋の上では橋番が、掻いた雪を川へ放り込んでいた。一本歯の高下駄で軽快に歩く様は天狗《てんぐ》のようだ。

「足元、お気をつけなすって」

「あいよ。精が出るね」

「渡れなけりゃあ困りますからね。なあに、昼過ぎには解けまさぁ。ほれ、空が見えてきた」

橋番の指差す方を見上げると、たしかに雲の切れ間から淡い色調の空が顔を覗《のぞ》かせていた。

「ああ、そりゃあいい」

隅田の対岸、向島《むこうじま》の辺りは田畑が多く、雪景色が見渡せる。初めは道端に立ったまま景色を写していたが、すぐに手指がかじかんでろくに描けなくなり、道沿いの水茶屋へ逃げ込んだ。そこは十二、三の娘と母親とで切り盛りしている小さな水茶屋だった。雪の日にまで開いているのはありがたい。甘酒を一杯頼み、外の床几《しょうぎ》に腰かける。両手で湯呑《ゆのみ》を覆い、かじかんだ手と体の内側まで温めると、再び筆をとった。

東仙は雪を描くのが苦手だ。胡粉《ごふん》を使うならまだしも、墨《すみ》だけで雪を表すとなると難しい。濃く線を引けば硬いかたまりのようだし、淡くぼかして描けば何かの影のようになってしまう。

畑をすっぽりと覆う雪を描く。綿のように積もったその雪の下に、大根が列になって植わっていることを伝えなければならない。畦道《あぜみち》の雪は一段高く、その下に枯れた草花を隠している。まる山《やま》を描いたときと同じだ。表に見える毛皮を描きながら、その奥の肉や骨や内臓や脳を描きとる。雪を描くとて同じだ。雪はそれらを冷たく柔らかい表皮の下に覆い隠している。

灰色の雲がゆっくりと、胎動《たいどう》するように流れていく。ふと顔を上げると、傍らに水茶屋の娘が、盆を両手で胸に抱えるようにして立っていた。視線は東仙の筆先に注がれている。

「なんだ？」

問いかけると、娘ははにかむような顔で訊《き》いた。

「お客さん、画工かえ？」

「木版はやらねぇんだ。絵師だよ」

そう答えると、娘は素直に喜んだ。

「なんてぇ名のお方ですかえ」

「青井《あおい》東仙」

娘は口の中で小さくその名を呟《つぶや》くと、片手を盆から離して口元に当てた。

「ああ、あの！　見たことありますぇ！　あの、げじが集まって人の形になってる、気味《きび》の悪い絵を描いた人でしょう」

店から母親が飛んできて、これと言ってたしなめたが、東仙はさして気にもせず笑っていた。気味が悪いだのおかしな絵だのと言われるのはいつものことだ。構わないと言うと、母親は一つ頭を下げて店へと戻っていった。

「やっぱり気味の悪《わり》ぃ絵だと思うか？」

「そりゃあ、人が集まって人の顔をつくってる絵は見たこともありますけど、げじなんてありやせんから。でも、おもしろかったです。ぞっとするのにずっと見ていたくなるような。うちのお客さんでも褒《ほ》めてる人、いたんですよ。やっぱりおもしろいって」

「そうかい、そりゃあ何より」

絵の注文はいまだに途切れない。近頃は恵泉堂《けいせんどう》以外の絵草子《えぞうし》屋からも注文が来るのだが、手一杯だからと断っている。それを商機と見て、恵泉堂の古狸《ふるだぬき》は相談もなく絵の値段を上げた。それでも売れ行きは変わらないというのだから、世の流れというのはおかしなものだ。評判は、隅田川を越えたこんな小さな水茶屋にまで届いている。

あるとき、あまりに恵泉堂が急《せ》かすので描くのが追い付かず、東仙はまる山《やま》の絵を手放した。あれほど手元に置いておきたいと思った絵が、そのときには惜しくなくなっていた。描こうと思えば、今度はもっといい絵が描ける。その自信があったのだ。「墨色之猫」と題されたその絵は表装されて掛け軸となり、今はどこかの旗本の屋敷に飾られているという。

時雨《しぐれ》の煙吐《けむは》き人形は月六百文で恵泉堂に貸し出され、いつも東仙の絵の下で煙草《たばこ》をくゆらせている。それを見るたび玄鳥《つばめ》を思った。菊尾《きくお》の一件以来、金はできたものの忙しさに会いに行けたのは一度きり、千木箱《ちぎばこ》もまだ渡せないまま、いつの間にか秋が深まっていた。丸まって眠る床の冷たさに、東仙は冬が近づいていることを知る。質入れした夜具《やぐ》はもう流れていた。代わりの夜具を手に入れたが、初めて松山翠月《まつやますいげつ》の屋敷で夜具を与えられたときほどの喜びはなかった。もはや夜具一つでは満たされない。もっと、もっと、欲しいものがある。

「あれも見ました。真っ白な畳《たたみ》から、刷毛で塩をとってる人の絵」

「ああ、『塩屋之与七《しおやのよしち》』か」

「ほんに、いつもおかしな絵を描くんですね」

白い息を吐いて、娘は無邪気に笑う。働き者なのだろう、手の甲はあかぎれで赤く裂けている。不意に脳裏《のうり》を過ぎる。故郷の妹と弟はどうしているだろう。今も苦しい農作業を、朝から晩まで続けているのだろうか。夜には小さな明かりの下《もと》、藁《わら》で縄をなっているのだろうか。妹は売られてやいまいか。いや、まさか、そこまで暮らしは厳しくないだろう。食い扶持《ぶち》は一人減ったのだ。どうかしあわせに、惚《ほ》れた男に嫁《とつ》げるような暮らしをしていてほしい。

近頃、東仙は想像することがある。文次郎長屋に帰ると、誰かが井戸端でかみさん連中と話し込んで笑っている。誰だろうと思うと、東仙の妹と弟なのだ。

「兄ちゃん、有名な絵師になったんだね。おめでとう。会いに来たよ」

ぼろぼろの着物と草鞋《わらじ》姿の二人にたまらなくなって、東仙は料理屋へ連れて行き、好きなものをたらふく食わせてやる。二人は目を輝かせ、ありがとうありがとう、おいしいよと言う。

好きなだけここにいろ。家が狭けりゃ隣も借りてやる。金の心配なんざするな。きれいな着物を着て、毎日好きなもんを腹いっぱい食って、湯屋へ行って、ふかふかの夜具にくるまって寝るんだ。

そう言ってやる。ありがとう兄ちゃん、と二人はにっこりと笑う。けれど想像はそこで砕かれる。たとえ二人が青井東仙という絵師を知っていたとしても、それが村を飛び出した兄であることは知らない。青井東仙と千太《せんた》とは、二人の中で永遠に結びつかないのだ。だがそれは、東仙とて同じことだ。連れて行った料理屋で、ありがとうと言って笑う二人は、いつまでも幼子の姿をしている。

東仙は団子と茶を注文し、娘が離れた間に筆をとった。さらさらと筆を滑らせるように描いたのは、雪の中に佇む一匹の白うさぎだった。丸い目をこちらに向け、鼻と髭《ひげ》をひくひくさせている。端に名を入れ、茶と焼き目のついた団子を盆に乗せて戻ってきた娘にやる。

「いいんですか？」

うれしそうに、娘は絵を眺める。

「可愛《かわい》い。ふふ、でもおもしろい絵」

「そうか」

「だって、うさぎなのに布団に座ってる。よっぽど大事にされてるうさぎなんですね」

東仙は危うく団子を喉《のど》に詰まらせるところだった。娘は気に入った様子だったが、東仙は苦笑いを浮かべるしかなかった。腕はまだまだのようだ。

「先生、晴れてきましたえ」

雲の流れが速くなり、眩《まぶ》しく光る青空が、雲を押しのけ広がっていく。

「じきにとけますね」

「そいつは困る」

よもやここまで雪が下手《へた》とは思わなかった。瞬《またた》きするたびに減っていく雪を、東仙は慌てて描き写した。これから冬になるというのに、布団に見間違われる雪しか描けないのではどうしようもない。何枚も何枚も、眼前の光景を描いているうちに、体が汗ばむほど熱くなった。蓑を剝《は》ぎ取って投げるように置き、また描く。水茶屋の娘の前で、蓑と一緒に化けの皮まで剝がされていくようだ。人気絵師は雪も描けぬ、と。

「先生、もうおしまい」

「ああ、畜生《ちくしょう》」

憮然《ぶぜん》と鼻から息を吐く東仙を見て、娘は楽しそうに笑っていた。とうとう最後まで、きれいな絵だとは言わせられなかった。娘の記憶には、東仙の絵はずっと、おもしろい絵のままで残るのだろう。

ぬかるむ道に下駄を取られながら、東仙はえらくゆっくりと、元来た道を歩いていた。もっと雪を描きたかったが、解けてしまっては仕方がない。木の枝の先から、ぽたぽたと雪解けの滴《しずく》が落ちる。その音が、江戸に日常を呼び戻すのだと東仙は思う。無音だった町に、音が戻ってきたのだ。

不意に背後からにゃあと声がして、振り向くとまる山がいた。額に落ちた滴を払おうと頭を振るので、首の鈴がちりりんと鳴った。

「これはこれはまる山殿」

目を細め、まる山はもう一度にゃあと鳴く。

「こんなとこまで来るのかお前は。縄張りが広いんだな。ああ、足が泥だらけだ。冷てぇだろうに」

まる山はそんなことを気にする様子もなく、ゆっくりと歩く東仙の前になり後ろになりついて来る。

「そういやぁ、お前が来てからいろいろあったな」

あの嵐の晩にまる山の絵を描いていなければ、己《おのれ》は今も絵師になれていなかったかもしれない。

「お前は何者《なにもん》なんだ。本当にただの猫か」

それとも、画仙の描いた虎《とら》か。

何かを嗅《か》ぎつけたかのように、まる山が小走りに駆け出す。お雪《ゆき》に甘やかされて以前より丸々とした体が重いのか、小走りにしか走れないのが滑稽《こっけい》だ。ばかにして笑った途端、高下駄の歯をぬかるみに取られた。

「先生、ほんに、ありがとうごぜぇました」

聞こえた声に、東仙は足元のぬかるみから視線を上げる。先生と呼ばれたのは東仙ではなかった。前方の農家から、弟子を伴った医者が出てくるところだった。見覚えがある。檜山泰然《ひやまたいぜん》という名の町医者だ。その家の夫婦とおぼしき二人が、何度も頭を下げている。

「ありがとうごぜぇました」

「先生、あの子は本当にしあわせ者です。ありがとうごぜぇました」

泰然は夫婦に気を落とすなとしきりに言葉をかけ、最後に労わるような笑みを残して背を向けた。弟子もぺこりと頭を下げ、大きな薬箱を手に泰然のあとを追う。東仙は足を止め、紅色の椿《つばき》が大輪の花を咲かせている農家に目をやった。涙を拭《ぬぐ》いながら、夫婦が家へと入っていく。

ああ、この家で誰かが死んだのだ。

東仙は遠ざかる医者の後ろ姿を見つめる。

「よかったねぇあんた、泰然先生に診てもらって」

「ああ」

檜山泰然。藪《やぶ》医者で有名な男だ。だが、藪であるが故に名医でもあった。

どんな病人にも、必ず治ると言って聞かせるのだ。それもしつこいほどに。ほかの医者たちに匙《さじ》を投げられ、最後に行き着くのが檜山泰然のところだ。泰然が呼ばれた時点で、病人の方も己の体がもはや治らないことを悟る。それでも泰然に励まされながら、彼らは死出の旅路へつく仕度をし、安らかに旅立っていくのだ。医者というより、僧に近いのかもしれない。

何十人かに一人、泰然の言葉を真に受けてか、本当によくなる者がいるために名医との評判はますます広まった。不思議な医者である。

この家の誰かは治るに至らなかったようだが、庭の椿の紅《あか》さを見るに、何も悲しいだけの幕切れではないのだろうと思われた。東仙は椿の木がよく見える位置まで来ると、道端の岩に蓑を敷いて腰かけ、筆をとった。紙はまだ残っている。

さらさらと、椿の枝を描いていく。花びらには墨をたっぷりとつけて描く。絵に集中していると、まる山が足元へ来て鳴いた。

「ちょうどいい、ちょっと来い」

そう言うと、東仙はまる山を抱き上げて足の泥を払い、体を丸めると懐へ押し込んだ。

「おお、あったけぇ」

まる山は深く開いた襟《えり》元から顔を出し、抗議の声を上げる。

「描き終わるまで抱かせてくれよ。尻も足も冷てぇんだ。せめて胸だけでもさ」

ちりんちりんと鈴を鳴らし、まる山はしばらくもごもごと動いていたが、やがて落ち着く体勢を見つけたらしくおとなしくなった。東仙は描きかけの絵にまた筆を走らせ、まる山はその生き物のような筆先の動きを目で追っている。

紙の右側三分の二ほどを使い、茂る椿の枝を描き終えると、東仙は残った左側に顔を描き始めた。ふくよかな微笑《ほほえ》みを浮かべ、高く結った髪には宝冠《ほうかん》を被り、ゆったりとした衣《ころも》を身に纏《まと》う。優しいまなざしで椿の枝を見下ろす観音菩薩《かんのんぼさつ》だ。描き上がった絵を日に翳《かざ》すと、観音菩薩に後光が差しているようだった。

「どうだ？」

久しぶりに発した声に、うとうとしていたまる山が耳をぴくりと動かして目を覚ます。

「椿の花を赤で描いたら、なかなかの絵になりそうだろ？」

顔の前に絵をやると、まる山は墨の匂いを嗅いだあと、ぷいとそっぽを向いた。いっそ清々《すがすが》しい心持ちで東仙は笑う。

「さすがは応挙《おうきょ》から名をもらっただけあるな。わかるか」

もう一度、絵を日の光に翳す。

「観音さんが今ひとつだ。仕方ねぇさ。もうしばらく本物を拝んでねぇ」

今朝の吉原《よしわら》は、さぞや静かだったことだろう。しんと静まり返った町の、女郎屋の二階で、遊女たちは火鉢を囲んでたわいもない話に花を咲かせたに違いない。まだ幼い禿《かぶろ》たちは、外で雪を投げて遊んだかもしれない。玄鳥も二階のあの部屋から、格子《こうし》越しに外を眺めていただろう。寒くなどないと言い張って、三味線《しゃみせん》の音を吉原の一角に響かせて。美しい音色は雪に吸われ、大門《おおもん》を出る前に消えてしまう。

「会いてぇなあ」

目を閉じ、着物の上からまる山を撫《な》でる。血を送る熱い拍動が、東仙の胸にも伝わる。

「さて、帰るか」

立ち上がると同時に、まる山が胸元から飛び出した。代わりに滑り込んできた冷気に東仙がくしゃみをするのと、まる山が体を震わすのもまた同時だった。

「ああ、ふぐ食いてぇな」

まる山が首を傾《かし》げる。

「だがまだ死にたくねぇしな。豆腐買ってって、お雪に湯豆腐こさえてもらうか」

「にゃあ」

時雨とお雪も相変わらずだ。時雨はいつも新しいからくり作りに没頭していて、お雪はそれを見ながら、傍らで飯の煮炊きをしたり裁縫《さいほう》をしたりしている。だらだら祭りのあと、次のからくりも人形だと聞いて、首はお雪の顔にしてみたらどうかとそれとなく言ってみた。かくしてお雪の念願は叶ったのだが、その人形は壁を這って登る、それはそれは不気味な人形だった。目を輝かせていたのは時雨だけだ。

「おお、見てごらんお雪！　すごいぞ！　お雪が壁を登っていく！」

お雪はたいそうへそを曲げた。その顔は、ちょうど東仙の描いたジョウゴと団子を手にした不機嫌な娘の絵にそっくりだった。

ふてくされたお雪が何日も口を利いてくれなくなったので、慌てた時雨は仕方なく人形の首を蛙《かえる》に替えた。手足も茶色に塗り、男物の着物を着せて「井の中の蛙《かわず》、大海へ向かふ」と題したところ、興行は大成功を収め、お雪の機嫌もようやく直った。不憫《ふびん》なお雪を思い出すと、今でも笑いが込み上げてくる。

「ああ、やっぱり煮やっこがいいな。醤油《しょうゆ》とみりんで味をつけた出汁《だし》で豆腐を煮るんだ。味が染みて美味《うま》いんだぞ。ねぎと唐辛子、大根おろしもつけて。たまんねぇな」

「にゃあ」

「それから玄鳥に会いに行って」

せっかく恵泉堂が絵の値を上げてくれたのだ。たまに会いに行くくらいはいいだろう。あまり顔を見せずにいると、愛想《あいそ》を尽かされてしまう。またすぐに忙しくなる。その前に、一度くらい。

澄《す》んだ空気を冬の陽《ひ》がまっすぐに貫く。日陰《ひかげ》の雪も解け、道はますます歩きづらい。まる山は石から石へと重い体で器用に飛び移り、少し進んでは東仙が追い付くのを待っていた。向島から南へ下り、十字路を右に曲がれば両国橋というところで、向かいの道からも誰かがこちらへ向かってくるのがわかった。人影は二つ、どちらも見知った者だった。背の高い方は細い目に尖った鼻をしていて、その後ろについて歩く背の低い者は、大仰な眼鏡を顔に乗せていた。

「兄さーん、東仙兄さん！」

松山竹里《ちくり》が大きく手を振る。松山翠月もこちらに気づき、腕を組んで足を止めた。東仙が腰を折って一礼すると、その間に二人は歩を進めていた。三人とも高下駄で、いつもより背の高いのがなんだかおかしかったが、それを顔にも口にも出すことができなかった。

「ご無沙汰しております」

緊張のあまり、いつもと違う声が出た。

「うむ」

相変わらず厳しい表情の翠月の背後で、荷物を背負った竹里がにこにことうれしそうに笑っている。

「絵を見たぞ」と、翠月が言う。

途端に恥ずかしくなり、東仙は髪の中に手を突っ込んでがしがしと掻いた。おかしな気味の悪い絵ばかりで、と言おうとして目を上げると、翠月は唇の端を持ち上げて言った。

「変わらんな。お前の絵が戻ったというべきか。それでいい」

思わぬ言葉に、東仙は目を丸くする。

「山水、花鳥、人物、畜獣《ちくじゅう》、お前はそういったものを描くために筆をとったのではなかった。それを私は忘れていたのだ。わかっていたはずなのにな。お前の絵に、また気づかされた」

「いえ、そんな、俺は……」

なんと答えていいかわからなかった。自分の描いたおかしな絵が売れていることへの後ろめたい気持ちは今もあった。百行のように怒りを正面からぶつけてくる絵師は少ないが、疎《うと》ましく思っている者は多いだろう。他人が描かないから目を引く。それは道を外れているのと同じだ。翠月の下《もと》で教わった絵とは違う。

「いや、お前はそれでよいのだ」

胸の内を見透かすように、翠月は尚も言う。

「お前の今の絵は私が教えたものではないが、お前の絵でもっとも私の心を打った絵は、私が教えていない絵だった。あるべき姿に戻っただけだ」

「いえ」

東仙は翠月の目を見据《みす》え、きっぱりと言う。

「先生が教えてくださったから、俺は俺の描きたいものが描けるのです。先生のおかげです」

翠月が意外そうに細い目を二度瞬く。その理由に気づき、東仙は慌てふためいて言った。

「申し訳ありません、もう弟子でもないのに、先生などと」

「いや、それは」

冷や汗をかいていると、竹里が大きなくしゃみをした。鼻をすりながら言う。鼻の頭が真っ赤だ。

「親父殿《おやじ》、兄さん、積もる話は料理屋でいたしませんか。立ち話は冷えます」

東仙が困って翠月を見ると、彼は柔らかく微笑んで頷《うなず》いた。

「そうだな。それがいい。ふぐかすっぽんか湯豆腐か」

「ふぐは勘弁してください。いくら美味くても、まだ死ぬわけにはいきません」

「ならばすっぽんだな。良い店を知っている。竹里も来なさい」

両国橋へとさしかかったところで、ふと、翠月が東仙の胸元を指して言った。

「懐にあるのは絵か？」

「あ、はい。雪を写しに向島へ行っておりました」

紙の束を差し出すと、翠月は一枚一枚丁寧にめくりながら目を通した。

「雪が下手なのも相変わらずか」

ぽつりと言われ、東仙は頬を引きつらせた。

「まだまだ未熟で」

「そうだな」

ぴしゃりと言いつつも、翠月の顔に厳しさは見られなかった。紙をめくる手が、ふいにぴたりと止まる。椿と観音菩薩の絵だ。

「ああ、それは」と、説明しようとすると、それより先に翠月が口を開いた。

「菩薩がまだ甘い」

「はい」

「東仙」

翠月は、絵からゆっくりと顔を上げて言った。

「お前の家に夜具はあるか？　私のやった夜具は」

絵のまずさを指摘されて強《こわ》ばっていた顔が、自然と緩む。己はこう訊かれるのを待っていたのだと気づく。

「いえ、先生から頂いた夜具は、質に入れて流してしまいました」

「質に？」

「はい。どうしても描きたい絵があって、夜具を質に入れた金で、絵絹《えぎぬ》と群青《ぐんじょう》を買いました。あのときは描きたくて、描きたくて」

「夜具では満たされなくなったか」

笑うように息を吐いて、東仙は首を振る。

「足りません。俺は、欲深くなりました」

抑えた声で、翠月が笑った。翠月の笑い声を耳にするのは何年ぶりだろうか。親しい人の前でさえ、声を上げて笑うことなどめったにないというのに。

「東仙」

「はい」

「この観音菩薩、これでは人の顔だ。菩薩とは呼べぬ。それから椿は花芯が単調すぎる」

「はい」

翠月はいつになくうれしそうだった。一つ息をつき、柔らかな声で言う。

「そうか……欲深くなったか。死ぬわけにはゆかぬか」

それはまるで、酒宴《しゅえん》の席で千太に語りかけたときのようだった。

「だが、それもいい。お前の絵は息を吹き返した。この観音菩薩はたしかに甘いが」

そこで一度言葉を切り、翠月は目を細める。

「それでも、人は救われる」

目頭がかっと熱くなって、東仙はごまかすように空を見上げた。両手を腰に当て、深く吸った息を口から鉄砲のように吐いて言う。

「はいっ」

東仙は、いつでも己の描きたいものを描いてきた。それがいつもおかしな絵だった。美しいとはけして言われない絵だった。それでも、絵を描いていていいのだと、かつての師は言っている。

翠月は両国橋に下駄を鳴らして行く。翠月から絵を受け取った竹里が、わあ、と顔をほころばせた。東仙はとっさに竹里の額を指で弾く。

「兄さん、何をなさいます」

「おめぇの手本にゃならねぇよ。前見て歩け」

額を押さえる竹里の手から絵を取り上げ、東仙は翠月の背中を追う。長い弧を描く橋の頂上に立つと、空と隅田の川との青に挟まれ、天空に架かる橋を渡っているような気がした。前方に見える江戸の町は、さながら極楽浄土のようだ。雪で水かさは増しても流れは大きく穏やかで、橋から落ちる滴が次々に、鏡のような川面《かわも》に一瞬の波紋を残して消える。見上げた空には雲一つない。一面の青にくらくらする。

ああ、俺は龍にでもなったんだろうか。

答えたつもりか、足元でまる山が鳴いた。冷たい空気を鼻から思いきり吸う。口から吐くと、白い煙のような息は留まることなく風下へと流れていった。当たり前のことが妙に心地良くて、東仙は笑う。まるで一時《いっとき》の幻を見ているかのようだった。

参考文献

『一日江戸人』杉浦日向子著（新潮文庫）二〇〇五年
『浮世絵でみる年中行事』中村祐子・大久保純一著（山川出版社）二〇一三年
『江戸商売図絵』三谷一馬著（中公文庫）一九九五年
『江戸へようこそ』杉浦日向子著（ちくま文庫）一九八九年
『江戸吉原図聚』三谷一馬著（中公文庫）一九九二年
『大江戸暮らし大事典』菅野俊輔・小林信也監修（宝島ＳＵＧＯＩ文庫）二〇一四年
『大江戸「古地図」大全』菅野俊輔監修（宝島社）二〇一六年
『完本　大江戸料理帖』福田浩・松藤庄平著（新潮社）二〇〇六年
『考証要集　秘伝！　ＮＨＫ時代考証資料』大森洋平著（文春文庫）二〇一三年
『鈴木春信　江戸の面影を愛おしむ』田辺昌子著（東京美術）二〇一七年
『日本絵画の表情【第一巻】雪舟から幕末まで』細野正信著（山種総合研究所）一九九六年
『日本画　画材と技法の秘伝集』小川幸治編著（日貿出版社）二〇〇八年
『図解　日本画用語事典』東京藝術大学大学院文化財保存学日本画研究室編（東京美術）

二〇〇七年
『風流江戸雀』杉浦日向子著（新潮文庫）一九九一年
『二つ枕』杉浦日向子著（ちくま文庫）一九九七年

※この作品はフィクションです。実在の人物・団体・事件などにはいっさい関係ありません。

集英社オレンジ文庫をお買い上げいただき、ありがとうございます。
ご意見・ご感想をお待ちしております。

●あて先
〒101-8050　東京都千代田区一ツ橋2-5-10
集英社オレンジ文庫編集部 気付
佐倉ユミ先生

うばたまの

墨色江戸画帖

集英社
オレンジ文庫

2018年12月23日　第1刷発行

著　者　佐倉ユミ
発行者　北畠輝幸
発行所　株式会社集英社
〒101-8050東京都千代田区一ツ橋2-5-10
電話【編集部】03-3230-6352
【読者係】03-3230-6080
【販売部】03-3230-6393（書店専用）
印刷所　凸版印刷株式会社

※定価はカバーに表示してあります

造本には十分注意しておりますが、乱丁・落丁(本のページ順序の間違いや抜け落ち)の場合はお取り替え致します。購入された書店名を明記して小社読者係宛にお送り下さい。送料は小社負担でお取り替え致します。但し、古書店で購入したものについてはお取り替え出来ません。なお、本書の一部あるいは全部を無断で複写複製することは、法律で認められた場合を除き、著作権の侵害となります。また、業者など、読者本人以外による本書のデジタル化は、いかなる場合でも一切認められませんのでご注意下さい。

©YUMI SAKURA 2018　Printed in Japan

ISBN 978-4-08-680228-4 C0193

集英社オレンジ文庫

辻村七子

宝石商リチャード氏の謎鑑定

夏の庭と黄金《ドール》の愛

この夏をリチャードの母が所有する
南仏の屋敷で過ごすことになった二人。
そこで待っていたのは、謎の宝探し…!?

―〈宝石商リチャード氏の謎鑑定〉シリーズ既刊・好評発売中―
【電子書籍版も配信中　詳しくはこちら→http://ebooks.shueisha.co.jp/orange/】

①宝石商リチャード氏の謎鑑定 ②エメラルドは踊る
③天使のアクアマリン ④導きのラピスラズリ ⑤祝福のペリドット
⑥転生のタンザナイト ⑦紅宝石《ルビー》の女王と裏切りの海

集英社オレンジ文庫

ゆきた志旗

Bの戦場

シリーズ

①さいたま新都心ブライダル課の攻防

“絶世のブス”ながら気立ての良さで評判のウェディング
プランナー・香澄。ある日、イケメン上司に求婚されて!?

②さいたま新都心ブライダル課の機略

自称“意識の高いB専”久世課長の猛攻に香澄はうんざり!
そんな中、自尊心の高い年上美人の教育係に就任するが…。

③さいたま新都心ブライダル課の果断

装花担当に配属された“香澄並みにブス”な城ノ宮さん。
一緒に仕事をするうち、彼女の歪んだ本質を見てしまい…?

④さいたま新都心ブライダル課の慈愛

就活のために香澄の家に居候する弟に久世課長が
取り入ろうとしたせいで、弟の彼女を巻き込んで大騒ぎに!?

⑤さいたま新都心ブライダル課の変革

久世課長に陥落し、不本意ながらお付き合いが始まった。
仕事では、外部の会社と共同での披露宴を企画していたが!?

好評発売中

【電子書籍版も配信中　詳しくはこちら→http://ebooks.shueisha.co.jp/orange/】

集英社オレンジ文庫

高森美由紀

花木荘のひとびと

盛岡にある古アパート・花木荘の住人は
生きるのが下手で少し不器用な
人間ばかり。そんな彼らが、
管理人のトミや様々な人と
触れ合う中で答えを見つけていく
あたたかな癒しと再生の物語。

好評発売中

【電子書籍版も配信中　詳しくはこちら→http://ebooks.shueisha.co.jp/orange/】

集英社オレンジ文庫

奥乃桜子

あやしバイオリン工房へようこそ

仕事をクビになり、衝動的に向かった
仙台で恵理が辿り着いたのは、
伝説の名器・ストラディヴァリウスの精
がいるバイオリン工房だった…。

好評発売中

【電子書籍版も配信中　詳しくはこちら→http://ebooks.shueisha.co.jp/orange/】

集英社オレンジ文庫

時本紗羽

今夜、2つのテレフォンの前。

幼馴染みの想史に想いを寄せる志奈子。
別々の高校に進学後、
話しかけても喋ってくれない想史に
不安を募らせる志奈子は、
たまたま電話する間柄になった正体不明の
高校教師に相談を持ちかけて…。

好評発売中
【電子書籍版も配信中　詳しくはこちら→http://ebooks.shueisha.co.jp/orange/】

集英社オレンジ文庫

長谷川 夕

僕は君を殺せない

連続猟奇殺人を目の当たりにした『おれ』。
周囲で葬式が相次いでいる『僕』。
一見、接点のないように見える
二人の少年が、思いがけない点で
結びつき、誰も想像しない驚愕のラストへ——!!
二度読み必至!! 新感覚ミステリー!

好評発売中
【電子書籍版も配信中 詳しくはこちら→http://ebooks.shueisha.co.jp/orange/】

コバルト文庫　オレンジ文庫

「ノベル大賞」

募集中！

小説の書き手を目指す方を、募集します！

幅広く楽しめるエンターテインメント作品であれば、どんなジャンルでもＯＫ！

恋愛、ファンタジー、コメディ、ミステリ、ホラー、ＳＦ、etc……。

あなたが「面白い！」と思える作品をぶつけてください！

この賞で才能を開花させ、ベストセラー作家の仲間入りを目指してみませんか⁉

大賞入選作
正賞の楯と副賞300万円

準大賞入選作
正賞の楯と副賞100万円

佳作入選作
正賞の楯と副賞50万円

【応募原稿枚数】

400字詰め縦書き原稿100〜400枚。


【しめきり】

毎年1月10日（当日消印有効）

【応募資格】

男女・年齢・プロアマ問わず

【入選発表】

オレンジ文庫公式サイト、WebマガジンCobalt、および夏ごろ発売の文庫挟み込みチラシ紙上。入選後は文庫刊行確約!

（その際には、集英社の規定に基づき、印税をお支払いいたします）

【原稿宛先】
〒101-8050　東京都千代田区一ツ橋2-5-10
（株）集英社　コバルト編集部「ノベル大賞」係

※応募に関する詳しい要項およびWebからの応募は
公式サイト（orangebunko.shueisha.co.jp）をご覧ください。